|红色经典丛书|

铁流

[苏联] 亚历山大·绥拉菲莫维奇 著

李 暖 译

江苏凤凰文艺出版社

一

　　哥萨克集镇上的花园、街道、农舍、篱笆全部湮没在滚滚烟尘之中,在无边的热浪下艰难地喘息,唯有钻天杨那尖峭的枝梢冲破尘雾,探出头来。

　　四处是杂沓的声响。人声,犬吠,马嘶,铁器碰撞之声,孩童的啼哭,低沉而粗野的污言秽语,妇人们此起彼伏的呼喝声,还有饱含醉意的手风琴,伴着一支支沙哑而粗犷的歌,好似一只空前绝后的巨大蜂巢,群蜂失了蜂王,惶恐万分,聒噪、病态地嗡嗡作响。

　　这片无边无际的灼热的混沌吞噬了草原,一直蔓延到远处山岗上的一排排风磨——那里同样是经久不绝、万千人声的王国。

　　闷热的烟尘无法吞没的唯有那条奔淌的河。寒凉的山水泡沫四溢,湍急地奔流着,绕过哥萨克集镇,一路喧哗,奔涌而去。河那边,远山一脉深蓝,宛如高大的屏障,遮蔽了半个天空。

　　草原上的强盗——那褐色的鹰隼在日光灼灼的暑热中盘旋。它们转动着歪斜的尖喙,凝神谛听,然而什么也分辨不出。这样的混乱还是前所未有。

　　也许是集市。可为何处处都不见帐篷和商贩的踪影,也没有堆积如山的货物？

也许是流浪者的营地。可为何到处是火炮、弹药箱、二轮车和架好的机枪？

也许是军队。然而四面传来孩童的啼哭，机枪上晒着尿布，炮筒上挂着摇篮，少妇露出胸脯给孩子喂奶，炮兵团的马匹和母牛一同咀嚼着干草，面色黧黑的妇人和少女把盛着黍米和黄油的锅子悬在火堆上，篝火中的干粪块散发出腾腾热气。

一派惶恐，一片混沌。尘土飞扬，杂乱不堪。喧嚣声、吵闹声混杂在一处，处处是匪夷所思的众声喧哗。

集镇上只留下了女人、老人和孩子。哥萨克男人不见踪影，仿佛消失了一般。女人们躲在茅舍里，透过窗子向外张望。滚滚尘雾笼罩着大街小巷，宽阔的街道上蔓延着的俨然是索多玛与蛾摩拉的末日之景。她们喊着："当心瞎了你们的眼！"

二

低沉的牛叫、刺耳的鸡鸣和嘈杂的人声交织而成的喧闹背景中,时而传来被疾风吹得喑哑的嗓音,时而传来草原上那高亢嘹亮的声音:

"同志们,到集会上去!……"

"开会了!……"

"喂,集合了,兄弟们!……"

"到山岗那边去!"

"去风磨那边!"

日头正慢悠悠地黯淡下来,燥热的尘埃也随之缓缓沉落,钻天杨从尘雾中现出身形,巨塔般高大的树冠一览无余。

目光所及之处,集镇上的花园依稀可见,农舍的白墙越发夺目。板车、马车、二轮车、马匹、母牛把大街小巷挤得水泄不通,它们侵占了花园的里里外外,一直绵延到风磨那边,又如禽鸟长长的蹼爪,沿着草原的山岗朝四面八方铺散开来。

风磨周围,人海蓄着愈发喧嚣的声势,迷漫得更加宽广。一张张青铜色的脸如密密麻麻的斑点,隐没在无边无际的人潮之中。

老人胡须花白,妇人面带倦容,少女的眼睛里闪着快活的光,孩童在大人的腿间钻来钻去,狗急促地喘着粗气,抽动着伸得长长的舌头。这一切都被士兵们那铺天盖地的庞大队伍淹没了。他们有的戴着蓬乱而英武的毛皮高帽,有的戴着脏兮兮的大檐帽,有的戴着山民那种帽檐低垂的毡帽;有的穿着破旧的军便服,有的穿着褪了色的花布衬衣,有的穿着切尔克斯长袍,还有的赤裸上身,肌肉强健的青铜色身躯上缠着十字交叉的子弹带。头顶上方,烧蓝的刺刀泛着幽暗的光,向四面八方凌乱地扎煞开来。古老的风磨惊奇地观望着,它们因年代久远而通体黢黑,可眼前发生的一切还从未见过。

　　风磨旁边的山岗上聚集着团长、营长、连长和参谋长。这些团长、营长、连长究竟是何许人也?他们有的曾在沙俄军队服役,后来被提升为军官;有的则来自各个城镇,不过是些剃头匠、桶匠、细木工、船员和渔夫。他们都是各个街道、集镇、农庄和村镇自发组织起来的红军小队的队长。此外,还有投靠革命的常备军军官。

　　团长沃罗比约夫膀阔腰圆,嘴唇上的胡子足足有一俄尺长。他爬上一根一端带轮子的挡车横梁,木板在他脚下吱嘎作响。他用洪亮的声音向人群喊道:

　　"同志们!"

　　然而,面对千千万万张青铜色的脸庞和千千万万双逼视而来的眼睛,这声音显得那么渺小。其余的指挥官全部聚集在他周围。

　　"同志们!……"

　　"滚你的吧!……"

　　"打倒……"

　　"去你妈的!……"

　　"别呀……"

"滚你娘的吧,头儿!……"

"难道他就没戴过肩章①?!"

"肯定早就给撕了……"

"干吗一直嚷嚷呢?……"

"揍他,他妈的!"

无数只胳膊举到空中,无边的人海上空仿佛跃起一片森林。谁在嘶喊什么,难道还能分辨得出!

风磨旁站着一个矮小精壮的人,结实的身板,仿佛铅块铸成,四方形的两颚紧紧咬合在一起。低低的眉头,刀削般的眉毛,下方闪烁着一双小而犀利的灰眼睛,目光好似两把锥子,眼底的一切都不放过。他的身躯投下一道很短的阴影,众人的脚纷纷踩踏着这影子的头颅。

横梁上那个蓄着长胡子的人用尽全力高声喊道:

"稍等,都听着!……总得讨论一下现在的形势……"

"去你妈的!"

喧声、骂声吞没了他势单力孤的声音。

在这手臂的海洋与声音的汪洋之中,腾起一只妇人的手,瘦削而颀长,饱受阳光、劳作和苦难的炙烤,骨瘦嶙峋。这妇人的声音满是痛苦的折磨:

"我们不听,别叫唤了,你这该死的牲口……啊!我的一头母牛,两头公牛,还有我的房子和茶炊,都去哪儿了?"

人群上方再次涌起狂乱的声潮。人们各喊各的,谁也不听。

"要是收了庄稼,我现在早就带着粮食逃了。"

"人们都说,该逃到罗斯托夫去。"

---

① 肩章是苏联内战时期白军的标志。——译者注

"为什么不给我们发军服,连绑腿和靴子也没有?"

横梁上那个人说:

"那你们为什么全跟过来了,既然……"

人群爆发出愤怒的吼声:

"你干的好事。你这个畜生,煽风点火,把我们都给骗了!我们在家里待得好好的,都有自己的家业,现在呢,在草原上流浪,成了丧家之犬。"

"我们都清楚得很,是你把我们领来的。"士兵们的声音密集地回荡,刺刀阴郁地摇摆。

"我们现在去哪儿呢?!"

"到叶卡捷琳诺达尔[①]去。"

"那边有士官生。"

"无路可走啊……"

风磨旁站着的那个双颚似铁的人,用锥子般犀利的灰眼睛,盯着眼前发生的一切。

此时,一声决绝的嘶喊从人群上空掠过,势如破竹:

"我们被出卖了!"

这声音响彻了各个角落,那些躲在板车、摇篮、马匹、篝火、弹药箱的夹缝中的人,即便没能听清,也猜到了其中的意思。人群一阵痉挛,顿时惊得喘不过气来。猝然传来一声歇斯底里的尖叫,发出这叫喊的不是女人,而是一名长着鹰钩鼻的小兵,他赤裸着上身,穿着一双不合脚的大靴子。

"他们把大伙儿卖了,就像卖牲口一样!……"

有个男子用手肘拨开人群,一言不发地朝风磨挤过去。他比

---

① 旧称,现名克拉斯诺达尔,俄罗斯南部城市。——译者注

众人高出一头，面容格外英俊，黑色的短髭似乎才刚刚生长出来，头上戴着海军帽，两根飘带在黝黑颀长的后脖颈上来回飘摆。他一边向前挤，一边死死盯住那群军官，紧握在手中的步枪凶恶地闪着寒光。

"嗨……算了吧！……"

那个双颚似铁的人把牙关咬得更紧了。他面色阴沉，环顾四周，将狂怒的人海尽收眼底：一张张嘶声呐喊的黑洞洞的嘴，一张张晒得黑红的脸，还有眉头下方那一双双燃着怒火、仿佛在怒吼的眼睛。

"我老婆在哪儿？……"

头戴海军帽、飘带乱摆的男人越来越近，他照旧紧握步枪，目不斜视，唯恐一不留神就会跟丢目标，让对方溜走。他依旧推搡着，从挤挤挨挨、纷纷攘攘的人群中开出一条路。

那个牙关紧咬的人心中泛起一丝苦涩。在土耳其前线，他当过机枪手，与他们肩并肩作战。一片血海……劫难当头，万人枯骨……最后几个月，他们携手抗敌，与士官生、哥萨克和白军将领交锋，在叶伊斯克、捷姆留克、塔曼和库班的各个集镇间辗转……

他松开牙关，启齿讲话，声音坚毅而柔和，然而喧嚣之中，所言字字清晰可闻：

"我，同志们，你们都认识。我们一同洒过血。你们自己选我当指挥官。可现在，要是像这样下去，咱们就都完蛋了。哥萨克和士官生已经从四面八方包抄过来。一刻钟也不能耽误了。"

他讲话带着乌克兰口音，博得了人们的好感。

"难道你就没戴过肩章吗？！"那个赤膊的小兵用尖利的嗓音喊道。

"难道我要的是肩章吗？你们自己清楚，我在前线打仗，便宜了当官的。难道我不算你们的人吗？难道我不是和你们一样受苦受累，做牛做马？……不是和你们一样犁过地，播过种？……"

"事实就是事实，"人群低声哗然，"确实是咱们的人！"

戴海军帽的高个子终于冲出人群，两步跃到跟前，仍旧一语不发，目不斜视，用尽全力挥了一下刺刀，枪托撞到了身后的人。双颚似铁的那人纹丝不动，只是抽动了一下肌肉，微笑似的神情在皮革般泛黄的脸上倏忽掠过。

一个赤着身子的矮个子，像小公牛似的佝偻着脑袋，从旁边冲了过去，用肩膀在水手的胳膊肘下方狠狠一撞：

"你要干吗！"

挥舞的刺刀被撞向一旁，没有刺到那个牙关紧咬的人，却刺中了站在他旁边的一位年轻营长，刺刀整个没入他的腹部。这人喘了一口粗气，仿佛蒸汽喷了出来，随后仰面倒地。高个子一脸凶残，奋力拔着刺入脊骨的利刃。

一个没有胡子、像小姑娘一样白净的连长，攀住风车的一扇风叶，顺势爬到高处。风叶吱吱嘎嘎地转了下来，又把他送回地面。除了那个方下巴的人，其余的都掏出了左轮手枪，扭曲而苍白的脸上写满了愁苦。

人群中又窜出几个人，怒目圆睁，张皇地握着步枪，朝风磨这边冲过来。

"狗杂种都该死！"

"揍他们！叫他们绝种！……"

突然间，一切戛然而止。所有的头颅都转向同一侧，所有的眼睛都盯向同一方向。

草原上，一匹黑马疾驰而来，肚皮擦过蒿草丛生的地面，身躯几乎拉成一条直线。马背上的骑手穿着红色条纹的布衫，胸膛和头部紧贴着马鬃,双手垂在两侧。近了,近了……马发疯般尽力狂奔的姿态已经清晰可见。身后扬着肆虐的尘埃,口中吐着一团团白沫,白花花地溅在胸膛上,两肋大汗淋漓。而骑手的头颅依旧垂在马鬃上,随着马飞奔的步子来回摇晃。

远处,草原上又扬起一片黑色的烟尘。

人群交头接耳:

"又跑过来一匹!"

"看,跑得多快……"

黑马飞奔过来,打着响鼻,吐着白沫,来到人群跟前,立刻前腿一曲,俯卧在地上。穿着红色条纹布衫的骑手像个布袋似的从马头上翻滚下来,扑通一声摔倒在地,手臂摊开,头颅不自然地歪斜着。

一些人立刻扑向倒地的骑手,另一些则去查看已经站起身来的马,只见黑黝黝的两肋沾满了鲜红黏稠的血。

"这是鄂赫里姆!"跑到近前的人们喊叫着,小心翼翼地把僵冷的尸体放平。死者的肩膀和胸膛上遍布刀伤,张着血淋淋的口子,后背的伤口已凝结成黑色的血斑。

人群爆发出一阵难以平息的躁动,惶恐在风磨后面和马车之间蔓延,传遍了大街小巷:

"鄂赫里姆被哥萨克砍死了!……"

"唉,真够惨的!……"

"哪个鄂赫里姆?"

"啥?是不是昏了头?竟然不知道!就是帕夫洛夫镇的那个,他家房子在山谷边上。"

又一匹马飞奔过来。这人的脸、汗津津的布衫、双手、赤脚和裤子上,都布满了血点,已分辨不出是自己淌的,还是别人流的。

他双目圆睁,还未停稳便翻身下马,朝倒在地上的尸体扑了过去。然而无力回天,死者的脸上已淌出透明的蜡黄的黄浆,苍蝇在眼窝上爬来爬去。

"鄂赫里姆!"

随后,他立刻匍匐在地,把耳朵贴在血迹斑斑的胸口上,随即又站起身来,呆立在死者跟前,垂下头:

"儿子……我的儿子!……"

"死了。"周围的人悄声低语。

那人又呆立片刻,蓦地用永远无法愈合的伤风的喉咙喊了起来,沙哑的声音一直传到农舍边上,在一辆辆马车间回荡:

"斯拉夫镇已经暴动了,还有波尔塔瓦镇、彼得罗夫镇、斯蒂波利耶夫镇。每个镇子的教堂前、广场上都竖起了绞刑架,一旦落到他们手里,都会被绞死。士官生已经到了斯蒂波利耶夫镇,挥着马刀乱砍,绞死的绞死,枪杀的枪杀,骑着马把人往库班河里撵。对外乡人也毫不留情,不管是老头子,还是老太婆,一个不留。这帮家伙,以为我们都是布尔什维克。老头儿鄂帕纳斯,就是那个种瓜的,他家房子在雅芙多赫家对面……"

"知道!"人们哄然应和。

"他跪在地上求饶,还是给绞死了。他们的武器多得很。女人,孩子,黑天白日地在菜园和花园里挖,把埋在地下的步枪、机枪都挖出来了,藏在草垛里的炮弹箱、子弹箱也都搬了出来。都是从土耳其前线带回来的,多得数不清。连大炮都架起来了。真是疯了。简直像着了大火。整个库班都烧起来了。咱们当兵的弟兄也都受了难,活生生吊死在树上。队伍都各自逃命了,朝哪儿跑的都有,有的去叶卡捷琳诺达尔,有的去海边,有的去罗斯托夫,可统统被马刀砍死啦。"

说罢,又垂下头,在死者身前站了片刻。

一片死寂之中,所有目光都落在他身上。

他打了个趔趄,伸手在空中徒劳地抓了一把,随后抓住笼头,翻身上马,马依旧汗流浃背,带血的鼻孔在急促的喘息声中痉挛般地抽搐。

"你去哪儿?是不是疯了?!帕夫洛!……"

"站住!……到哪儿去?!回来!……"

"截住他!……"

嗒嗒的马蹄声已经在草原上响起,渐渐地远了。他抡圆了胳膊挥着鞭子,马顺从地伸长汗津津的脖颈,竖起双耳,飞奔而去。风磨斜长的影子掠过整个草原,追随了一路。

"白白送死。"

"他全家都留在那边。儿子呢,瞧见了吧,在这儿躺着。"

双颚似铁的人松开牙关,费力地启齿,一字一顿地说:

"都瞧见了吧?"

众人阴惨惨地答:

"我们不瞎。"

"都听见了吧?"

依旧阴惨惨地答:

"听见了。"

这双铁颚冷硬无情地磨出一席话:

"同志们,我们已经无路可走了。往前,往后,都是死。你们瞧瞧。"

他朝集镇的方向点了点头,哥萨克农舍已被夕阳映成玫瑰色,处处是星罗棋布的花园,高大的白杨投下斜长的影子。

"没准儿今天夜里就会来要咱们的命,可咱们,一个放哨的,一个巡逻的都没有,也没人排兵布阵。应该撤退。往哪儿撤呢?先得组建一支军队。大伙儿选出领头的,一旦当选,就得掌握生杀大权——得有严规铁律,这样才有救。咱们得和主力军汇合,到时会有俄国的支援。同意吗?"

"同意!"草原上爆发出众人的齐声呐喊。大街小巷的马车之间,一座座花园之间,整个集镇上都回荡着呐喊声,一直弥漫到镇子边缘,弥漫至河岸。

"很好。立刻就选举,之后马上整编队伍。辎重队与战斗部队分开。指挥员也分派到各支队去。"

"同意!"众人再次齐声呐喊,声音回荡在泛着黄色的广袤无垠的草原上。

队伍前排站着一位蓄着长胡子的人,看上去仪表堂堂。他从容不迫地用略带沙哑的低沉嗓音盖过了众人的喧哗:

"我们到底往哪儿去?去找寻些什么?……这可是倾家荡产呐,牲口,家业,全抛下了。"

这话仿佛一块石头投进了死水,激起一圈圈涟漪。众人纷纷避退,引起一阵凌乱的骚动:

"那么你说去哪儿?往后退吗?好叫大家去寻死?……"

蓄着优雅胡须的人说:

"为什么要打打杀杀?咱们应该主动些,把武器交出去,他们又不是野兽。莫尔古申那边已经有五十个人投降了,武器、步枪、弹药也都上缴了,哥萨克人把他们放了,一根毫毛都没动,现在正踏踏实实种地呢。"

"投降的都是富农。"

一阵骚动在人们的头顶和愤怒的面孔上方掠过:

"钻到黑狗尾巴底下闻屁去吧!"

"一句话不说就得把咱们吊死。"

"咱们给谁种地呢?"女人们用尖细的嗓音叫嚷着,"又得给哥萨克和白军卖命。"

"又要拿着嚼子往自己脑袋上套吗?"

"又去哥萨克那儿挨鞭子吗?……还是去受白军和长官们的罪!……"

"狗东西,趁还没收拾你,赶紧滚吧。"

"揍他!竟敢出卖自己人……"

留着长胡须的人说:

"你们先听着……狗一样瞎叫唤什么?……"

"有什么好听的。一句话,滚!"

人们怒容满面,脸涨得通红,你看我,我看你,眼里闪着愤怒的凶光,拳头在头顶挥舞。有的人被揍了一顿,有的人被按着脖子往镇子上撵。

"静一静,公民们!"

"住手……你把我往哪儿搡呢!……当我是草包吗,给你们这么欺负,干什么?"

双颚似铁的那个人发了话:

"同志们,算了,咱们还是干点儿正事吧。选个指挥官,余下的事让他自己安排。你们选谁?"

一瞬间万籁俱寂。草原,集镇,以及无边无际的人群,顿时鸦雀无声。随后,长满老茧的粗粝的胳臂纷纷举起,宛如一片腾空的森林。草原那辽远的地平线,集镇上星罗棋布的花园,直到河流对岸,都回响着同一个名字:

"柯茹赫!"

这声音四下回荡,经久不绝地萦绕着幽蓝的群山:

"……赫——赫——赫——赫!……"

柯茹赫收紧了坚如磐石的双颚,行了个举手礼,颧骨下方的肌肉抽动着。他走到两位死者跟前,脱下脏兮兮的草帽。这时,好似吹来一阵风,众人的帽子也纷纷取下,在场的所有人都袒露出头顶,女人们哽咽起来。柯茹赫垂下头,在死者身前静立片刻,说:

"让我们怀着敬意来安葬我们的同志吧。把他们抬起来。"

两件大衣铺在地上。那个头戴海军帽的英俊的高个子朝死去的营长走去,帽子的飘带垂落在脖颈上。死者的胸膛上有一大片凝结的血块,浸透了身上的军便服。他沉默地弯下身,小心翼翼地将他抬起,仿佛怕弄痛了他似的。鄂赫里姆也被抬了起来。死者都被抬走了。

人群散开,复又合拢,依旧袒露着头顶,仿佛无际的洪流,绵亘不绝地流着。每个人身后都拖着斜长的影子,行路人的脚步踏在阴影上。

一个年轻的声音柔和而哀戚地唱起来:

你们在殊死的斗争中牺牲……

其他的声音逐渐与之融汇,粗粝而笨拙,合不上节拍,唱走了调,唱错了词,杂沓而缭乱。众人随意地唱,声势却越发壮阔:

……奋不顾身爱着人民……

这不合拍的歌声如此凌乱,也正因如此才浸满了隽永的哀愁。这悲哀与周遭的万物奇特地交织在一处,孤独忧郁、默默沉思着的草原,黑黝黝的古老的风磨,染上金色斜晖的高大的白杨,还有静立在众人身旁的农舍的白墙,目送死者远去的星罗棋布的花园……一切都浸满了悲哀,仿佛一切都那么亲近,一切都是至亲;仿佛万物都在这里出生,也注定在这里死去。

夜色渐浓,深蓝的暮霭给远山染上越发幽峻的蓝色。

老太婆戈尔碧娜,就是那个曾在丛林似的臂膀中举起骨瘦嶙峋的手臂的妇人,用满是污渍的衣襟擦拭着红肿的眼睛,擦拭着浸满泪水和尘埃的皱纹,啜嚅着,啜泣着,不停地画着十字:"神圣的上帝啊,可靠的圣主,不朽的圣主啊,保佑我们……神圣的上帝,可靠的圣主……"一边祷告,一边用衣襟搓着鼻子。

士兵迈着齐整的大步,面色阴沉,眉头紧蹙,一排排黑压压的刺刀均匀地摆动。

……你们已献出所有,倾尽全部……

夜间酣睡了的尘埃,又在暮霭中扬起倦意绵绵的尘雾,将一切都遮蔽了。

什么也看不见了,唯有沉重密集的脚步声在天地间回响,还有祷告声和歌声:

……可靠的圣主,不朽的圣主啊……
……在潮湿的监狱中饱受折磨……

夜色岑寂,高峻的山峦蒙上凄凉的暗影,遮挡着初升的羞怯的星斗。

到处都是十字架,有的坍倒了,有的歪斜着。眼前横亘着灌木丛生的荒野。猫头鹰疲倦地飞,大蝙蝠无声地盘旋。大理石时而泛出晦暗的光,墓碑上金色的铭文刺穿了夜雾。这是哥萨克财主和富商的墓碑,压着富庶牢靠的生活,压着牢不可破的沉疴。人们在坟茔上踏着,唱着:

……一切专断横行必将崩溃,人民必将崛起……

并排挖了两个墓穴。就地匆匆做了棺材,棺木幽幽地泛着白光,散发着新鲜木料的香气。死者入殓。

柯茹赫依旧保持着脱帽的姿势,站在新掘的墓土上,说:

"同志们!我想说的是……我们的同志死了……是的……我们应当给他们敬礼……他们是为我们而死……是的,我想说……他们为何而死?……同志们,我想说,苏维埃俄罗斯还没灭亡,它是屹立不倒的。同志们,我想说,我们被围困在此地,可那边,还有俄罗斯,有莫斯科。俄罗斯必得其所。同志们,我想说,俄罗斯有工农政权……因此一切都会好起来的。白军追杀过来了,我是说,那些军官、地主和资本家,一句话,那些剥皮的畜生,那些杂种,就要杀过来了!可我们不会投降,去他娘的吧,不会!咱们要给他们点颜色看看。同志们,唉……我想说,把咱们的同志埋了,在他们坟上宣誓,投靠苏维埃政权……"

开始下葬。老太婆戈尔碧娜掩着嘴巴,悄声啜泣,像狗崽一般尖声唔哝了一阵,随后放声号哭。接着第二个、第三个也恸哭起来。整个墓地上空都回荡着女人的哭声。每个女人都尽力挤到前面,弯下身,抓起一抔泥土,撒在墓穴里。泥土落在棺椁上,发出沉闷的声响。

有人在柯茹赫耳边说:

"放几枪?"

"十二枪左右吧。"

"这也太冷清了。"

"弹药不够了,明白吗?每一发子弹都得珍惜。"

排枪疏落地响了,接着是第二声,第三声。倏忽间,众人的脸庞、十字架、匆匆挥舞的铁锹,都在火光中一次次映现出来。

枪声止息了。众人蓦地察觉,夜已深了,沉寂无声,空气中弥漫着温热的尘埃的气息,流水无尽的喧声驱赶着睡意。也许是朦胧的回忆吧,然而什么都回忆不起。河那边,群山浓黑的残影,绵延至邈远的天际。

三

深夜的小窗黑洞洞地窥伺着夜色,在那死寂的深处,潜藏着诡谲的凶险。

方凳上燃着一盏洋铁灯,没有玻璃罩,黑烟如丧服的黑纱,急促地摇曳着,冲到天花板上。满屋都是沉闷的烟气。地板上铺着光怪陆离的毯子,上面密密麻麻布满记号,有各式各样的线条,绿的、蓝的斑点,以及黑色的曲线——是一张巨幅的高加索地图。

指挥员们穿着松垮的布衫,没系腰带,赤着脚,匍匐在地,小心翼翼地在毯子上爬着。有的叼着烟,尽力不让烟灰掉在地图上;有的心无旁骛地研究着地图,不停地爬来爬去。柯茹赫牙关紧闭,半蹲着身子,瞪着一双明亮而犀利的小眼睛,在一旁观望,看脸色已胸有成竹。一切都隐没在灰蓝色的烟雾中。

河水的喧嚣蓄满了威胁,这声音在白天总被忘却,此时却透过黑洞洞的窗口,一刻不停地奔涌而来。

虽然这座房子以及左邻右舍的居民都已迁走,可屋内之人仍不敢高声漫语,他们警觉地压低声音,交头接耳:

"在这儿我们都会完蛋,一道战斗命令都没执行。难道你们没看见?……"

"拿这些士兵根本没辙。"

"这样下去,他们全都没好下场,都会被哥萨克砍死。"

"天若不打雷,他们才不会未雨绸缪。"

"去他的吧,周围全都烧起来了,他们还是雷打不动。"

"那你去,去跟他们说。"

"依我看,应该先占领新罗西斯克,在那儿避避风头再说。"

"新罗西斯克,想都别想,"一个衣衫整洁、束着腰带、脸刮得很干净的人说,"我有斯科尔尼亚克同志的情报。那边乱成一锅粥,德国人、土耳其人、孟什维克、社会革命党、立宪民主党全聚在那儿,也有咱们的革命委员会。都是纸上谈兵,没完没了地讨论,一场接一场地开会,制定了成千上万条救援计划,可全是扯淡。把队伍带到那边,就意味着彻底瓦解。"

在河水无止无休的喧哗声中清晰地传来一声枪响。枪声很远,然而夜窗潜藏的死寂与黑暗中立刻传来讯息:"瞧……开始了……"

人们暗自紧张地聆听着,表面却依旧吸着烟,拼命吐着烟气,手指依旧在地图上指指点点,最小的细节也不放过。

然而,无论如何指点,结果都是一个样。左边是蔚蓝的大海,此路不通;右边和上方是一片斑斓的标记,遍布满怀敌意的集镇和村庄;地图下方,亦即南方,棕黄色块标记出不可逾越的山脉,挡住了去路。简直是落入了陷阱。

河流似一道黑线,在地图上蜿蜒。他们如同庞大的流浪者的营盘,驻扎在曲曲折折的河畔,喧闹的水声无时无刻不从黑洞洞的窗口涌进来。地图上绘着的山谷、苇荡、森林、草原、农庄和集镇,处处埋伏着哥萨克。目前,那些叛乱的集镇和村庄,他们总算想法子对付了一番,然而,叛乱之火已经在整个库班熊熊燃烧。各地的苏维埃政权都垮了,各个村庄和集镇的苏维埃代表均被赶尽杀绝。处处绞架林立,如同墓地上的十字架。吊死的都是布尔什维克,他们大多是外乡人,不过也有哥萨克人,尸首全在绞刑架上晃荡着。该退往何方?何处才能得救呢?

"很明显,应当突围到季霍列茨克去,从那边取道圣十字,然后逃往俄罗斯……"

"真有你的,去圣十字!既没子弹,也没炸药,你怎么赤手空拳穿过整个叛乱的库班?"

"照我说,应该投奔主力部队……"

"可这主力部队在哪儿呢?莫非你拿到了紧急命令?那就跟我们说说。"

"我是说,在等到俄罗斯的救援之前,先攻占新罗西斯克,在那儿避避风头。"

人们七嘴八舌,每个人的话语中都藏着同样的意思:

"若是全部交给我指挥,我肯定会制定出最佳方案,大家都能得救……"

遥远的枪声携着深邃的凶险,再次响了起来,盖过夜间喧闹的水声。片刻之后,又传来一声枪响,接着又是一响,突然,撒下一阵密集的枪声,终于沉寂了。

人们转头对着那黑洞洞的死寂的窗口。

也许是近旁的墙垣外,也许就在阁楼上,有只公鸡叫了起来。

"普利霍契科同志,"柯茹赫开口说道,"去看看是怎么回事。"

这是个年轻的库班哥萨克,个子不高,英俊的面孔上略微带着些麻点,穿着单薄的裹身外衣。他小心翼翼地迈开赤脚,走出门去。

"照我说……"

"对不起,同志,这种做法绝对不能容忍……"那个胡子刮得很干净的人打断了他的话,他泰然自若地站着,居高临下地望着众人。在座的都是农民出身,要么是桶匠,要么是细木工、剃头匠,在战场上九死一生,成了军官,而他受过军事训练,是个资深革命者。"让军队陷入这种境地,是绝对不能容忍的,这么做就是让队伍送命。这根本不叫军队,而是一帮夸夸其谈的乌合之众。必须整改。此外,成千上万的难民马车完全缚住了手脚。它们不能再和军队挂钩。让他们走吧,随便去哪儿,回家也行。军队应当完全自由,不受拖累。写道命令吧,就说:'在镇上停留两天,以便整改……'"

他这般说着,话语中却藏着弦外之音:

"我见多识广,能够理论联系实际,对军事有历史的眼光和深刻的见解,为什么选他,不选我?群众是盲目的,群众永远是……"

"您想怎样?"柯茹赫用锈迹斑斑的声音说,"每位士兵的父母、妻子和家人都在辎重车上,难道要把他们抛弃吗?如果在这里坐以待毙,我们会被杀得一个不留。应当走,走,走!在行军途中整编。应当绕着城边快速溜过去,一刻不停,沿着海岸走。到图阿普谢去,到了那儿沿大路翻过高加索主峰,与主力部队会合。他们没走远。可这儿呢,每一天死亡都在逼近。"

于是人们七嘴八舌,议论纷纷,每个人的方案于己都是最佳,其余人看来又都觉不妥。

柯茹赫站起身,铁硬的肌肉抽动着,灰色的小眼睛射出两道钢铁般犀利的光,说道:

"明天出发……黎明就动身。"

心中则暗想:"他们不会听的,这帮畜生!……"

众人不情愿地闭了嘴,沉默之中分明藏着这样的潜台词:

"跟傻子讲什么道理都没用。"

四

　　普利霍契科出门后，水声更大了，河水的喧哗充溢着整个黑夜。门边黑漆漆的地上有一团低矮的暗影，是一架机枪。旁边两个浓黑的人影，举着幽暗的刺刀。

　　普利霍契科边走边仔细查看。行踪难觅的乌云散发着热气，将天空整个地遮蔽了。远方，四处传来犬吠，不绝于耳，不知疲惫，嘈杂异常。一会儿，犬吠声停了，只听见河水的喧哗，片刻又吠叫起来，不绝于耳，令人厌烦。

　　农舍的白墙在夜幕中若隐若现，仿佛一个个朦胧的白点。街道上黑压压堆着一团黑影，定睛一看，原来是一辆辆马车。大车上，车底下，飘出密集的鼾声和沉睡者抑扬顿挫的呼吸。处处挤满了人。街心有个高大的物体泛着黑色，既非杨树也非钟楼，仔细看去，原来是竖起的车辕。马有节奏地大声咀嚼着草料，母牛在均匀地呼吸。

　　阿列克谢从人们身上小心地跨过去，不时用卷烟的亮光迅疾地照一照路。周遭一片宁静。在等什么呢？等待远处的枪声接二连三地响起来吗？

"谁?"

"自己人。"

"谁在走动……哪儿去?"

依稀辨认出两柄刺刀,已经端在了手上。

"是连长,"他弓起身,悄声道,"炮架。"

"没错。"

"回答口令。"

那名士兵被自己硬挺挺的胡子刺得耳朵发痒,用沙哑的声音回答:"拴马桩。"胡子下方喷出一股浓重的酒气。

他继续前行,迎面又是黑压压难以分辨的马车,马响亮的咀嚼声,睡梦中的呼吸,绵延不绝的喧闹的水声,还有不绝于耳的局促的犬吠。他小心翼翼地迈过一只只手臂和腿脚。有些地方,从车底下传来清醒的说话声,是士兵们在和妻子交谈。篱笆下面传来隐约的笑声和低低的细语,是恋人们在调笑。

"总算清醒过来了,不过还是醉醺醺的,坏蛋。恐怕把哥萨克的酒都喝光了吧。没事儿,喝吧,别把脑子喝坏就行……哥萨克怎么到现在还没把咱们杀死?一群蠢货!"

倏地闪过一个白点……也许是座狭小的茅屋,也许是块白布在黑暗中一晃而过。

"现在也不迟,每个弟兄差不多有十来发子弹,每架大炮也有十五六发炮弹,可他们总共……"

那个白点又晃了一下。

"是你吗,安卡?"

"你怎么大半夜瞎晃荡?"

一匹马的黑影,大概是匹黑马在咀嚼车辕上堆着的干草……他又摸索着卷上一支烟。她则靠在板车上,用一只赤脚挠着另一只。车底下铺着毯子,一阵粗壮的鼾声传至耳际——父亲在酣睡。

"咱们还得在这儿游手好闲地待上很久吗?"

"快了。"卷烟的火星亮了一下。

微弱的火光映出他的鼻尖、被烟草熏成褐色的指尖,还有姑娘的两点星眸、衬着白色布衫的项链和健美的脖颈。顷刻又暗了下来,黑暗中浮现出马车那怪诞的轮廓,母牛在呼吸,马匹在吃草,河水喧声不断。为何听不见一声枪响?

"娶了她吧……"

此时,一如往常,眼前浮现出那位陌生姑娘花梗般纤细的脖子,还有那对湛蓝的眼睛,温柔而盈薄的浅蓝色衣裙……刚刚中学毕业……还没嫁过来,还是未婚妻……这位姑娘素昧平生,然而他知道,她在某个地方等着他。

"要是哥萨克撵上来,我就自尽。"

她从怀里掏出一件东西,发着黯淡的光。

"瞧,锋利着呢……你试试。"

唧——哩——哩——哩……

诡异而渺远的夜声,好似孩童的啼哭,心蓦地揪了起来。大概是夜游的鸮鸟。

"嘿,该走了,别在这儿磨蹭啦……"

可怎么也迈不动步子,腿像生了根。他想把腿脚从地上撕扯下来,于是分神想道:"活像一头母牛,用蹄子在耳朵后面挠痒呢……"

然而无济于事,他依旧站着,大口吸着烟,一点火光再次划过夜色,映出他的鼻尖、手指,姑娘健美的脖颈、颈窝和项链,还有那娇嫩的胸脯,在白色绣花布衫下若隐若现……又是漆黑一片,河水在喧哗,沉睡的人在呼吸。

他把脸凑近她的眼睛。针刺般的痛感从身上掠过。他挽住了她的臂弯。

"安卡!"

他身上散发着烟草的气味,还有年轻的躯体那健壮的气息。

"安卡,我们去花园坐坐吧……"

她双臂撑在他胸膛上,用力挣扎了一下,他被顶了个趔趄,踩住了后面人的腿和手。白点匆匆一闪,消失在吱嘎作响的马车上,一阵撩人的笑声飘过来,随后一片岑寂。老太婆戈尔碧娜从枕上抬起头来,在马车上坐起身,用力挠着痒痒。

"喂,你这夜猫子!……什么时候才能安生呢?你是谁呀?"

"老太婆,是我。"

"啊,阿廖申卡。原来是你呀!认不出来了。以后怎么办呢,我的心肝儿?唉,要受罪了。我心里觉出来啦。出门的时候,一只猫从路上窜过去了,垂着个大肚子,结实得很,接着,又蹦出来一只兔子,我的心肝儿哟!那些布尔什维克是怎么想的,全部家当都丢下了。我嫁给老头子的时候,我妈妈说,这个茶炊给你,要像爱惜自己的眼睛一样爱惜它,死的时候传给你的子孙。等安卡出嫁,就给她。可现在呢,全都抛下了,整个村子都抛下了。布尔什维克是怎么想的?苏维埃政权又在打什么主意?让这政权完蛋吧,就像我的茶炊一样!说好了逃三天,三天以后一切恢复原样,可现在都游荡一个礼拜了,成了丧家之犬。一点办法都想不出来,这叫什么苏维埃政权?狗屁政权。哥萨克都造反了,疯了一样。咱们的鄂赫里姆真可怜呐,还有那个……那个年轻人。唉,我的老天爷呀,心肝儿哟!……"

老太婆戈尔碧娜不停地挠着痒痒,等她安静下来,被遗忘了的水声复又哗然作响,在广袤的黑夜中弥漫开去。

"哎,老太婆,干吗这么发牢骚,再诉苦,家当也回不来呀。"

他又吐了口烟,暗自想着心事:待在连队呢,还是去司令部?可何时何地才能看见那对蓝眼睛,看见那纤细的脖颈?

可老太婆已经打开了话匣子。漫长的一生在她身后如影随形——艰难呵……两个儿子死在土耳其前线,还有两个在这队伍里扛枪。老头子在马车底下鼾声如雷,那只鹊儿静悄悄地躲了起来,大概睡着了,谁找得见她呢?唉,艰难啊!人生漫漫,精疲力竭,已经熬了六十年。不管是老头子还是儿子,一辈子做苦力,脊梁骨都要断了。这是在替谁卖力呢?替哥萨克,替那些将军和白军。土地都在他们手里,外乡人,简直是丧家犬……唉,可怜啊!面朝黄土,耕牛般劳作一生。无论晨昏,日日替沙皇祷告,为父母祈福,为沙皇祈福,祈祷孩子平安,最后为普天下的东正教徒祈祷。可他哪是沙皇,只不过是条灰溜溜的野狗罢了,被打倒了。唉,可怜,听说沙皇被打倒了,我给吓了一跳,两腿直打哆嗦。后来觉得活该——野狗,只是条狗罢了。

"今晚的跳蚤真猖狂啊。"

老太婆又搔起痒来,随后朝黑暗里望了一眼——河水依旧在哗哗地流。她画了个十字,说:

"天快亮了吧。"

她俯身躺下,可是睡不着。整整一生都在面前横着,阴影悬在头上,无路可逃。漫漫人生伫立在她眼前,缄默无语,仿佛此地没有她,唯有艰难时日独对残夜……

"布尔什维克不信神。不过也罢,没准儿他们心里有数,想什么干什么,一来,就把一切都打倒了。白军、地主飞也似的逃。可哥萨克又发了狂……上帝哟,保佑他们平安吧,虽然他们不信神。毕竟是自己人,不是穆斯林……要是他们早点来,这该死的仗也许就不会打,我的儿子兴许还活着。他们埋在土耳其……这些布尔什维克又是从哪儿来的呢?有的说是在莫斯科生的,有的说是在德国生的,德国皇帝生下他们,却送到俄国来。可他们呢,一来这儿就齐声嚷嚷:把土地交出来,把土地给人民,叫人民为自己种地,不为哥萨克卖命。好人呐,可他们为啥把我的茶……儿……儿子……死……死了……家……家当……猫……你……"

老太婆打起盹来,头垂了下去。看天色,大概即将破晓。

每个人都沉浸在自己的天地。篱笆墙边,马车下面,仿佛有斑鸠咕咕叫着。夜里怎会有斑鸠在篱笆墙边、马车下面喃喃低语?怎会有小鸟咕咕叫着,小小的口中吐着泡泡?"哇……""呜……哇……哇……"然而,想必有人觉得这声音格外甜蜜,于是喂奶的年轻母亲也用甜美的声音咕咕叫着:

"怎么了,我的花儿,我的花骨朵?再吃一点儿吧。呶,吃,吃一点!干吗不吃呢?咱们多乖,把小脑袋转过来,小舌头舔舔妈妈的奶。"

她幸福地笑了,笑声那么富有感染力,仿佛周围都明媚起来。虽然看不见,不过想象得出,她大概有一对乌黑的眉毛,纤巧的耳垂上挂着暗幽幽的银耳环。

"不想吃?怎么了,我的小宝贝?啊,竟然生气了!竟然用小拳头捶妈妈的乳房。瞧这小指甲,跟卷烟纸似的……让妈妈亲亲手指头,一个!两个!三个!……呵,吹了好大一个泡泡!以后你也会是个大人物。到时候妈妈老得牙都没了,儿子就说:'呶,妈妈,坐到桌前来吧,给你盛粥,给你喝面糊糊。'哎,斯捷潘,斯捷潘,你怎么睡着了?醒醒,儿子还要玩儿呢……"

"消停一会儿!……嘘……别动我,让我睡会儿……我要睡……"

"喂,斯捷潘,醒醒吧,儿子要和你玩儿。看你磨磨唧唧的!我把儿子放在你身上。乖孩子,快去揪他的鼻子,扯他的嘴唇,就这样!没错!……你爸爸还没大胡子,连小胡茬都没有,那你就揪他的嘴唇吧,揪他的嘴唇。"

黑暗中传来一个声音,起初带着睡意,随后是快活的笑:

"躺下吧,躺下睡吧,儿子,来,躺在我身上,别和娘儿们瞎闹腾了,咱们将来是男子汉。长大了上战场,咱们一块儿干活,一块儿种地……哎,你怎么在我身子底下尿成河了?"

母亲发出朗朗笑声,笑声里淌着说不出的愉悦。

普利霍契科继续前行,小心翼翼地迈过一只只腿脚、车辕、笼头和口袋,不时用卷烟的火光照一照路。

万籁俱寂,四下一片漆黑。篱笆墙边的马车底下已没了声响。犬吠声也沉寂了。只有河水喧闹地流着,然而这水声也柔和了许多,仿佛隐没到远方去了,于是,庞大的睡梦用均匀的呼吸将千千万万沉睡者笼罩起来。

普利霍契科迈动步子,不再等候那蓄势待发的枪声。他感到眼皮发沉。渐渐地,群山曲曲折折的轮廓依稀映现出来。

"不过,进攻多在破晓时分……"

他把情况报告给了柯茹赫,然后找了一辆马车,爬了上去,车子摇摇晃晃,吱吱嘎嘎地响着。他想沉思一会儿……可是,想什么呢?于是他合上沉重的眼皮,甜甜地沉入梦乡。

五

铮铮的铁器之声,哗啦声,噼啪声,呐喊声……哒!哒!哒!哒……

"去哪儿?!去哪儿?!站住!……"

漫天喷薄的红光,是烈火,还是朝霞?

"一连,跑步!"

漆黑的鸦群在赤色的天空中无尽地盘旋,发出震耳欲聋的哀鸣。

黎明前的灰暗天光里,四处的马匹都已备好笼头和缰套。难民和辎重队你推我搡,时而撞落了车辕,时而疯狂地咒骂……

……砰!砰!……

……人们急躁地套着马,赶着车,策马扬鞭。马车吱嘎作响,笼罩着死亡的阴影,车轮飞转,在桥上狂奔,把桥梁挤得水泄不通。

……哒!哒!哒!哒……砰……砰!……

群鸭向草原奔去,自谋活路。女人绝望地嘶喊……

……哒!哒!哒!哒……

炮手发疟子似的握紧了缰绳。

一个小兵鼓着眼珠,披着一件短小的军便服,长裤也没来得及穿,迈开长满汗毛的双腿,拖着两支步枪,边跑边喊:

"我们连在哪儿？……我们连在哪儿？……"

一个没戴头巾、衣衫褴褛的妇人在他身后声嘶力竭地呐喊:

"瓦西里！……瓦西里！……瓦西里！……"

哒——哒——哒啦啦——哒——哒！……砰！……砰！……

已经开始了。镇子边缘,庞大的烟柱打着旋,在茅舍和树木上空遽然腾起。家畜嚎叫着。

难道残夜已尽？万物不是刚刚还沐浴着夜色？千万人酣眠的呼吸、河水无尽的喧哗不是刚刚还在耳际盘桓？群山那朦胧的暗影不是依旧在天际绵延？

而现在,漆黑的阴影和苍蓝的色泽均已褪去,万物变成了玫瑰色。轰隆声、噼啪声、车队的吱嘎声碾压而来,压过了喧闹的水声,遮蔽了一切,让揪成一团的心浸透了寒意。哒啦啦……哒—哒—哒……

当那震耳欲聋的巨响"砰"的一声在空气中炸裂开来,一切嘈杂的声响都变得微不足道了……

……柯茹赫在茅屋前坐着,泛黄的脸上十分平静,仿佛有人准备赶火车,众人都忙作一团,火车一旦开走,又将重归寂静,归于寻常。不断有人奔跑着,或是骑着汗津津的马,赶来送情报。副官和通讯员在一旁待命。

太阳渐渐升高了。步枪和机枪暴躁地响着。

面对所有情报,他的回答都是一个样:

"爱惜子弹,要像爱惜自己的眼睛一样。十万火急时再用。等敌人近了再进攻。别让敌人打到园子,别让他们打到园子！从一团调两个连出来,把风磨抢回来,把机枪架上。"

从四面八方传来紧急汇报,可他泛黄的脸上依旧平静,只是脸部的肌肉微微抽动几下,似乎有人坐在他心里,一个劲儿快活地喊:"行啊,兄弟们,行!……"也许再过一个小时,不,再过半小时,哥萨克就会闯进来,把所有人狠狠杀光!是的,他知道,可他也看见,一连接着一连,一营接着一营,都在顺从灵活地执行着他的命令,都在咆哮之中奋勇杀敌,而昨天,他们还在群龙无首地唱着歌,把指挥员和他看得一文不值,只会喝酒,只会和婆娘们调情。他也看见了,这些指挥员是如此严谨地遵从着他的部署,而昨夜,他们还不约而同地对他嗤之以鼻。

带进来一个士兵,他被哥萨克人擒住又释放了。他的鼻子、耳朵、舌头都被割了去,手指也被砍掉了,胸膛上写着几个血字:"你们全是这个下场,去你娘的……"

"行啊,兄弟们,行……"

哥萨克正疯狂地逼近。

然而,当后方跑来的人气喘吁吁地说:"桥头打起来了……"他的脸顿时变得蜡黄。"辎重队和难民打起来了……"柯茹赫立刻朝那边赶去。

桥头一片混战:人们拿起斧头,朝对方的车轮乱砍,挥着鞭子、棍棒,打得不可开交……到处是咆哮声、呐喊声、女人凄厉的哭号、孩童的尖叫……桥上堵得寸步难行,马车的车轴绞在一起,马打着响鼻,被套索缠着,人们挤作一团,孩童在惊骇中号哭。哒!哒!哒……花园传来枪声……已经进退维谷。

"住手!……住手!……"柯茹赫用嘶哑的嗓音吼道,如铁器的铮铮之声,然而这声音连他自己也听不清。他朝近旁一匹马的耳朵开了一枪。

人们举着棍棒扑将过来。

"哈,你这畜生!竟敢糟蹋牲口!……揍他!!……"

柯茹赫连同副官、两个士兵后退几步,退到河边,棍棒在头顶挥得直响。

"机枪……"柯茹赫嘶哑地说。

副官像泥鳅似的溜到马车底下,从马肚子下面钻了过去。不一会儿,把机枪拽了过来,随后跑来一排士兵。

庄稼汉们吼叫着,像受伤的牛:"揍他们呐,这群出卖耶稣的叛徒!"一边试图用棍棒打落士兵手中的步枪。

士兵用枪托回击。无论如何,不能对自己的父母妻子开枪。

柯茹赫像野猫似的纵身一跃,跳到机枪前,装上子弹带,哒—哒—哒……弹雨铺成一个扇面,从头顶飞过,疾风带着死亡的呼啸,掠过人们的发梢。人潮向后涌去。可花园那边照旧传来"哒—哒—哒"的枪响……

柯茹赫停止射击,声嘶力竭地破口大骂起来。人群顿时安静下来。他下令把卡在桥上无法挣脱的马车推进河中。农民们照办了。大桥得以疏通。一排士兵手持步枪站在桥头,副官指挥着众人,依次放行。

马车三辆一排,跨过桥梁,疾驰而去;牛在后面拴着,晃着犄角飞跑;猪拼命尖叫,拖着紧绷的绳子,一路狂奔。桥板隆隆作响,琴键般跳跃着,隆隆之声吞没了河水的喧哗。

太阳越升越高。河水惶惶地闪烁着粼光。

河对岸,辎重车像一条极宽的带子飘然而去,消失在滚滚烟尘之中。广场,街道,巷子,整个集镇都渐次空旷起来。

哥萨克以河边为据点分出两翼,形成一个喷射着枪林弹雨的巨大弧形,包围了整个镇子。这弧形越收越紧,集镇、花园,以及片刻不停、飞奔过桥的辎重车,被愈发紧迫地席卷进去。士兵们搏斗着,坚守着每一寸土地,为自己的妻儿父母奋力厮杀。他们节省每一发子弹,尽量不开枪射击,然而一旦开枪,便弹无虚发,每一枪都可能让哥萨克孩子变成孤儿,每一枪都给哥萨克家庭带来哀恸和泪水。

哥萨克疯狂地猛扑过来,步步紧逼,他们的散兵线彻底逼近了,已经占领了花园外围,在树木、篱笆、灌木丛间闪现。散兵线之间,每隔十来步远都埋伏着敌人。静了下来。士兵们节省弹药,相互防御。用鼻子一闻,敌军那边飘来一股浓重的酒气。人们大张着鼻孔,满心羡慕:

"都喝醉了,狗东西……唉,要是能搞到一点多好!……"

猛然间,哥萨克散兵线那边传来一个声音,似乎充满兴奋的喜悦,又似乎带着野兽的凶残:

"看!是你吗,赫沃姆卡!!哈,你娘的,老天爷!……"

话音刚落,从树后闪出一张年轻哥萨克的光脸盘,瞪着一双牛眼向外瞧,接着整个身子钻了出来,仿佛朝他开枪也无所谓。

而这边,光脸盘的赫沃姆卡也将整个身子从士兵的队伍中探出来:

"是你呀,万卡?!哈,他娘的,你这个疯杂种!……"

他们是同一个镇子的人,住在同一条街上,房子在大柳树下紧挨着。每天清晨赶牲口的时候,两人的母亲都会倚着篱笆,凑到一处聊天。曾经,两个孩子还结伴骑着竹马疯跑,一同在波光粼粼的库班河中捞虾子,没完没了地游泳嬉戏。曾经,二人还一同与姑娘们唱着乌克兰民歌,一同当兵服役,困在硝烟炮火之下,与土耳其人决一死战。

可现在呢?

现在那个哥萨克喊道:

"在那儿干啥呢,臭婊子?!跟该死的布尔什维克鬼混呢,你这光肚子土匪?!"

"谁?!说我是土匪?!那你就是富农,人渣……你老子不管人死活,剥的人皮还少?你们一个货色,吸血虫!……"

"谁?!我是吸血虫?!给我等着!!"说着把步枪一丢,抡手就是一拳。

赫沃姆卡的鼻子立刻肿成了一个大梨。赫沃姆卡也抡圆了胳膊:"看我揍你!"

"接招吧,狗东西!"

哥萨克被揍成了独眼龙。

双方都怒火中烧,扭作一团。

两个哥萨克公牛一般号叫着,瞪着牛眼,拳头砸在对方身上,满花园都是熏人的酒气。好像得了传染病似的,士兵们一个接一个地窜了出来,开始挥着拳头互殴,仿佛忘记了步枪的存在。

呵,好一场混战!……咯咯作响的拳头砸在脸上、鼻梁上、喉咙上、下巴上,人们气喘吁吁,哼哈乱叫。不堪入耳的咒骂声,闻所未闻的污言秽语,在翻滚的活人堆上激荡。

不管是敌方的军官,还是红军的指挥员,都扯破嗓子骂着娘,举着左轮手枪乱跑,拼命想把双方拉开,让他们拾起武器,然而全是徒劳。谁也不敢开枪,因为敌我双方已混作一团,滚成了一个空前巨大的球,一边翻滚,一边冒着冲天的酒气。

"啊,混蛋!……"士兵们喊着,"都喝饱了,喝了多少酒哇,可算是喝壮了胆了……他娘的,他娘的,他娘的!……"

"这么好的酒,难道喂给你们这群猪吗……奶奶的,奶奶的!……"哥萨克们号叫着。

于是又扑了上去,怒不可遏地扭打在一处。鼻子被打歪了,于是又挥起拳头,没完没了、没头没脑地乱砸一气。狂野而愤怒的仇恨,不允许敌我之间有片刻喘息,只有一个念头——将对方碾碎,闷死,压死,将拳头砸向对方的嘴脸,赤裸裸地感受那喷溅的鲜血。令人窒息的咒骂声和浓烈熏人的酒气笼罩了一切。

一个小时,两个小时……依旧是狂暴的乱拳,依旧是疯狂的咒骂。天黑了下来,谁也没察觉。

两个士兵在黑影中卖力地互殴了许久,骂骂咧咧,呼呼直喘,猛然间停下来,冲着对方细细打量。

"是你吗,奥帕纳斯?!妈的,你怎么把我当成草包,揍个没完!"

"是你呀,米科尔卡!我还以为是哥萨克呢。你这杂碎,把我脸蛋子都抠花了,我能便宜了你吗?想干吗?"

他们拭着血淋淋的脸,互相咒骂着,慢慢地归了队,在黑暗中摸索各自的步枪。

旁边两个哥萨克聒噪地呼喊了半晌,挥着拳头厮打着,轮流骑在对方身上,终于定睛看了一看:

"你骑在我身上干嘛,妈的往哪儿骑呢,当我是匹老马?!"

"是你吗,怎么是你,加拉西卡?!你干吗不吱一声?疯了似的,就知道骂人,我还以为是红军呢。"

继而都揩着血,回哥萨克后方去了。粗野的骂声终于止息了,于是听见河水的喧哗,还有板桥上无尽的咚咚响声——辎重车无止无休地奔走,残喘的火光在天空中颤抖,将乌云的边缘微微映成战栗的血红。花园一带,散落着士兵们的队伍,而哥萨克的散兵线,排布在周围的草原上。众人都沉默不语,鼻青脸肿,包扎着脸上的伤。桥上依旧轧轧作响,河水哗哗地流着。拂晓,镇子空了。最后一个骑兵连踏着桥板笃笃地过了河。桥起了火,人马离去后,整座集镇排炮齐鸣,机枪也哒哒地响了起来。

六

  集镇的街道上,哥萨克和侦察营一路高歌。他们穿着紧身的切尔克斯袍,长长的衣襟随着脚步飘摆,蓬乱的黑色毛皮高帽上,饰带白得耀眼。然而脸上都挂了彩:有的人眼睛肿得青紫,有的人鼻子鼓成一个血包,有的人肿着腮帮,还有的人翻着嘴唇,肿得像枕头。这些哥萨克满脸淤青,伤痕累累,无一例外。

  可他们却走得兴高采烈,踏着密集的步子,脚底扬起尘埃,斩铁般的进行曲和着震地的齐整步伐,在烟尘上空飘荡:

  既然不愿,
  愤然而起……

  雄浑遒劲的歌声回荡在花园里,飘到花园外,飘到草原上,在整个集镇上空盘桓:

  ……失了乌克兰!

哥萨克女人前来迎接,寻找着各自的亲人,有人欢乐地扑上前去,有人则蓦地反剪双臂,大放悲声,恸哭之声将歌声湮没。一位年迈的母亲浑身战栗,撕扯着头上的白发,男人们强健的手臂将她架回屋中。

……愤然而起……

哥萨克孩子跑来跑去……好多孩子啊!之前很久都不见踪影,现在却不知从何处钻了出来。他们奔跑着,欢叫着:

"爸爸!……爸爸!……"

"米柯拉叔叔!……米柯拉叔叔!"

"我们吃了几只红公牛①。"

"我用弹弓把一个人的眼打瞎了,他喝醉了,在花园里睡觉来着。"

先前遍布敌军营帐的宽街窄巷里,如今驻扎着自家的野营。家家户户的院落中,夏季的厨房已炊烟袅袅。哥萨克女人忙忙碌碌。躲藏在草原中的牛,都尽数赶了回来,家禽也得以归家,户户都在烧饭熬羹。

河上热火朝天。斧头争先恐后地敲打着,笃笃之声盖过了喧闹的水声,白木片四下飞散,在阳光下熠熠灼灼。哥萨克人心急如焚地修葺焚毁的桥梁,以便尽快追赶敌人。

集镇上也兀自忙碌着,在整编新的哥萨克部队。军官捧着记事簿,文书在街边摆了桌子,就地编纂名册,点着名。

哥萨克望着往来的军官,他们的肩章在太阳下闪着光。就在

---

① 红公牛:哥萨克人对布尔什维克的蔑称。

不久前,就在六七个月前,周遭还是另一番景象:广场上、街衢中、巷子里,就是这些军官,血肉模糊地瘫倒着,肩章尽被扯下。那些躲在农庄、草原、谷地里的军官则被擒住,带回镇子,被残酷无情地殴打、绞杀,尸首挂了数日,好叫乱鸦前来啄食。

大约一年前,这样的惨状就开始了。那时,烧遍了俄罗斯的熊熊烈火也燃及土耳其前线。

这是些什么人?!究竟是怎么回事?……

无从知晓。只知道那神秘的布尔什维克一来,眼睛上的白翳仿佛一下子被揭了去,陡然间看清了自古都未曾看见,但自古都有所觉察的事:军官,将军,陪审员,阿塔曼①,浩浩荡荡的官僚大军,还有令人不堪其扰、倾家荡产的兵役。每户哥萨克都得自己掏腰包替儿子打点服兵役的事宜,若是有三四个儿子,就得替每个儿子购置马匹、马鞍、军服、武器,于是便倾家荡产。一无所有的庄稼人则空手去当兵,一切全靠配给,从头到脚的行头都由部队发放。就这样,哥萨克越来越穷,逐渐破败,逐渐分化,富人阶层如日中天,愈发强悍,愈发壮大,其余的则渐渐没落了。

小小的太阳发着炫目的光,灼人地审视着散落在下方的整个世界。暑气在热浪中簌簌地颤抖。

人们说:"没有比咱们这一带更好的地方了……"

这里有平坦的海盆②,炫目的光点在海面上闪烁嬉戏。碧琉璃般的波纹,影影绰绰地涌动着,慵懒地冲洗着岸边的砂砾。海鱼成群结队地游。

旁边是另一片海,一座碧蓝的深渊,直到海底,直到最幽远的深处,都反射着整个倾泻而下的碧空。炫目的光辉碎裂成无数碎

---

① 阿塔曼:沙俄时期由沙皇指派,从自由哥萨克中选出的军队和地方首领。
② 指亚速海,这里海水较浅,海底构造为平坦的海盆和平缓的大陆架。

片,点点刺人眼眸。湛蓝的远方,轮船冒着烟,拖着随风而逝的黑色尾巴——都是运钱、运粮的船只。

海岸上,苍蓝的群山层峦叠嶂,绵绵延延。山顶覆盖着亘古的积雪,山间幽壑隐隐,泛着深邃的青色。

苍茫无际的山林中,狭缝、低地、山谷中,以及高原和山岭上,遍布飞禽走兽,甚至还有世上罕见的野牛。

在那蜿蜒叠嶂、饱受风侵水蚀、野寂无人的大山深处,藏着铜、银、锌、铅、汞、石墨和水泥,应有尽有,而石油宛如黑色的血液,在每一道褶皱中逡巡流淌,就连山溪与河流之中,都飘着一层含油的薄膜,彩虹一般闪着微妙的光,散发着煤油的气味……

"最美的地方……"

从山麓,从海边起,就是绵延不绝的草原,绵延千里,茫茫无际。

"真是无边无际啊!……"

麦田漫漫无垠地闪着光,牧草一片青葱,沼泽上的芦苇无边无涯地飒飒作响。一座座集镇、农庄和村落宛如熠熠生辉的白点,在一望无际、蓊蓊郁郁的花园之间闪现,钻天杨尖峭的枝梢刺进炎炎晴空,山岗在暑热中颤抖,风磨伸展着灰色的长翼。

灰色的羊群在草原上静静地伏着,一只只绵羊挤挤挨挨。上方是草虫的王国,千千万万只牛虻和蚊虫嗡嗡叫着,在空气中颠簸,飞舞。

毛色赤红的牛群在没膝的草丛中小憩,大半个身子懒洋洋地映在草原明镜般的水洼上。马群摇摆着头颈,向着山谷跋涉。

万物上空,暑热时时刻刻浮游着,疲惫不堪地簌簌颤抖。

套着大车奔驰赶路的马匹,头上也都戴着草帽——在小小的太阳那致命的强光的逼视下,连牲口也会猝然倒地。那些粗心大意、忘记戴帽子的人也很快中了暑,面孔陡然变得紫红,昏昏然倒在路边灼热的尘埃之中,双眸呆滞无光……处处都是颤抖的暑热,簌簌如有声。

沉重的犁套着三四对直犄角的牛,在无边无际的草原上犁出一道道垄沟,白晃晃的犁铧翻动着黑油油的肥沃土壤,仿佛耕犁的并非沃土,而是黑色的油脂,轻轻一抹,便能大快朵颐。不管那沉重的犁耕得有多么深,不管那白晃晃的犁铧如何翻动,却总是触不到板结的死土,闪闪发光的钢犁翻动着的总是那未曾触及的、世上独一无二的处女地,这黑土地,深厚之处足足有一俄丈①。

这是一股怎样的力量啊,这是一种非人能及的生产力!玩耍的孩童拿一根树棍向土里顺手一插,转眼间便爆出了新芽,再一瞧,枝丫已四处蔓生开来,浓荫如盖。至于葡萄、西瓜、香瓜、梨子、杏子、番茄、茄子,更是数不胜数!所有的果实都那样硕大,大得闻所未闻,简直是超自然的结晶。

云朵在山巅上翻卷,在草原上空徘徊,落着雨,土地贪婪地畅饮,随后,日头洒下肆虐的光,于是这片土地遍布鲜见的丰收盛景。

"没有比这一带更好的地方了!"

谁是这片神奇国度的主人呢?

这神奇国度的主人,就是库班哥萨克。他们也雇长工,雇做活的老百姓,有多少哥萨克,就有多少长工。他们也唱乌克兰民歌,满口乌克兰乡音。

双方亲如手足。双方都来自可爱的乌克兰。

哥萨克不是自行迁来的,而是一百五十年前被女皇卡契卡②驱赶而来。女皇摧毁了自由的扎波罗热营,将他们驱逐至此,把当初

---

① 1俄丈合2.134米。——译者注
② 卡契卡:指女皇叶卡捷琳娜二世。

这片可怕的蛮荒之地赐予他们。因了这赏赐,扎波罗热人椎心泣血,告别了魂牵梦萦的乌克兰。热病在沼泽中横行,从苇荡中爬出,吞没了哥萨克,身躯变得干瘪、蜡黄,不分老幼,尽数吞噬。切尔克斯人用锋利的匕首和例无虚发的子弹迎接这些走投无路的来客——扎波罗热的哥萨克椎心泣血,怀念着故乡的营地,日日夜夜与黄热病、与切尔克斯人和这蛮荒之地搏斗。这从未有人触碰过的亘古的荒地啊,若要开垦,只得白手起家。

而如今……如今……

"没有比咱们这一带更好的地方了!"

如今,所有人都觊觎这片土地,它像一个聚宝盆,满溢世间罕见的财富。人们在贫穷的驱使下,从哈里科夫、波尔塔瓦、叶卡捷琳斯拉夫和基辅一带跋涉而来,穷困潦倒的人们带着家什和孩子,千里迢迢,在各个集镇上落户,如饿狼一般饥肠辘辘地抖着牙齿,对着这片沃土垂涎。

"想得美!想要这里的土地呢,喝西北风去吧!"

于是,这些乔迁者当起了哥萨克的雇农,得了"外乡人"的名号。哥萨克千方百计地排挤他们,不准他们的孩子去当地的哥萨克学校就读;对租赁的土地,对他们屋檐下、花园中的每一块方寸之地都加倍盘剥;至于镇上的一切开销,重担都压在他们身上;此外还怀着深深的鄙夷,称他们为"野鬼""尖肚子奇加""哈姆谢尔"(即在哥萨克土地上扎根为奴的人)。

然而这些外乡人坚韧似铁,没有土地,便身不由己地投身各行各业的手艺,从事工业活动,机灵一些的则去搞学问,从事文化和教育,用同样的字眼来回敬哥萨克人:"古尔古力"(富农)、"卡克鲁克"[①]

---

① 卡克鲁克:意为"富农"。

"普加奇"①……彼此之间的仇恨与蔑视就这样燃烧起来,而沙皇政府、将军、军官、地主都乐此不疲地煽风点火,助长这兽性的敌意。

憎恶与蔑视恰似苦涩的胆汁,恶毒的仇恨如烟雾般笼罩着这片美丽的沃土。

并非所有哥萨克和外乡人都这般恶意相待。那些靠聪颖、顽强和坚韧似铁般的劳动而摆脱贫困的外乡人,同样能得到哥萨克富人的尊重。他们承包了磨坊,大量租种哥萨克人的土地,雇佣同自己一样赤贫出身的外乡人当雇农,他们在银行中拥有存款,还从事贩卖粮食的生意。那些屋顶铺着铁皮、粮食撑破谷仓的哥萨克都对他们恭恭敬敬,毕竟同类不相残。

为何身穿切尔克斯袍的哥萨克带着呼啸声和哨声在街道上疾驰?为何他们歪戴着毛皮高帽,来来去去地飞奔,马蹄深深踏入三月的泥泞,飞溅起泥浆点点,枪炮闪烁的火星直冲春日的天空?莫非是过节?洪亮的钟声已经敲响,那欢乐的轰鸣映着忧郁的天色,在集镇、农庄和村落上空回荡。人们穿着节日的衣衫,哥萨克、外乡人,女孩、少年,头发花白的老翁,还有没牙的老媪——所有人,所有人都涌向春天节日的街道。

莫不是复活节?不,不是,这并非神的节日!这是凡人的节日,是亘古以来的第一个佳节,是与这土地同样恒久的苍苍岁月中的第一个佳节。

打倒战争!……

哥萨克人互相拥抱,也拥抱外乡人,而外乡人同样拥抱着哥萨克。已经没有哥萨克和外乡人之分了,有的只是公民。没有"古尔

---

① 普加奇:有"夜鸟""猫头鹰"之意,最初是对顿河波将金集镇一带哥萨克的戏称,因为"Потемкинская"(即"波将金")与"потемки"(意为"黑暗")有同样的词根。

古力",也没有"野鬼",有的只是公民。

打倒战争!……

二月里赶走了沙皇。十月,遥远的俄罗斯发生了一些事。究竟出了什么事,谁也说不清,然而有个声音刺进心里:

打倒战争!……

铭刻在心,心如明镜。

一个兵团接着一个兵团从土耳其前线撤回来。哥萨克骑兵也撤下来了,紧跟其后的是库班侦察营和外乡人的步兵团,骑炮兵也浩浩荡荡驶了回来。他们携着武器、物资、军用品、辎重,如一股绵延不断的洪流,向着库班,向着故乡的集镇奔淌。沿途洗劫了所有的酒坊和仓库,喝得烂醉如泥,活活淹死、烧死在倾泻而出的酒海之中,有的保住了性命,便各自回了集镇和农庄。

库班已建立了苏维埃政权。各个城市的工人以及凿沉了军舰的水手蜂拥而至。他们一来,一切豁然开朗:地主、资本家、阿塔曼,以及沙皇在哥萨克和外乡人之间、在高加索各个民族之间煽起的仇恨,全都无处遁形。于是军官们纷纷丢了项上人头,装进口袋,抛入河中。

可还是得耕田,还是得播种。而太阳呵,那美妙的南方的太阳,依旧将越发炽热的阳光洒在丰收的庄稼田上。

"哎,我们要怎么耕田呢?得赶紧把地分一分,不然错过了好年成。"外乡人对哥萨克说。

"土地,分给你们?!"哥萨克面色阴沉。

革命那欢愉的火光猝然黯淡下来。

"土地,分给你们这帮穷鬼?!"

于是不再屠杀自己的军官和将军,于是他们从大大小小的缝隙中爬出来,在哥萨克的秘密集会上拍着胸脯慷慨陈词:

"布尔什维克目的明确:没收哥萨克的全部土地,分给外乡人,把哥萨克变成雇农。如果不同意,就流放到西伯利亚,没收全部财产,分给外乡人。"

库班风雨如晦,野火悄悄燃起,沿着低处秘密潜行,在草原、峡谷、苇荡中蔓延,蔓延至集镇和农庄的后院。

"没有比咱们这一带更好的地方了!"

于是哥萨克又成了"古尔古力""卡克鲁克""普加奇"。

"没有比这一带更好的地方了呀!"

于是外乡人又成了"野鬼""哈姆谢尔""尖肚子奇加"。

一九一八年三月,全民沸腾,乱做一锅粥;八月,开始自食其果,烫出眼泪也得往肚里咽。灼人的烈日依旧炙烤着这片土地,炎热的尘埃依旧卷起尘雾,漫山遍野地游荡。

库班河水不会向山坡倒流,旧的时日一去不复返。哥萨克不再给军官行礼,一看见那些嘴脸,就想起被他们骑在头上的日子,于是将军官们打成肉泥。可如今,又听起军官们的演说,执行起他们的命令来了。

斧头笃笃地响,白晃晃的木片四散纷飞,桥梁架到了对岸。骑兵和步兵隆隆作响地快速过了桥。哥萨克向着逃跑的红色敌人急匆匆追赶而去。

七

辎重车吱嘎作响，士兵摆着手臂开步走。有的眼睛肿着，有的鼻子涨得像个李子，还有的颧骨上结着血块。每个人都是满脸淤青，无一例外。他们一边甩开手臂向前走，一边快活地交谈：

"我照着那人的鼻子来了一拳，他一下子就蹬了腿儿。"

"我逮住一个，把他的脑袋夹在大腿之间，抡拳就捶，可这个王八蛋，一口咬住了我的……"

"呵——呵——呵！……哈——哈——哈！……"队伍中爆发出一阵笑声。

"这下你老婆可怎么办？"

人们兴高采烈地交谈着，谁也想不起事情如何变成了这个样子——谁也不用刀，谁也不用枪，全都沉醉在野蛮的狂喜之中，只管挥着拳头往对方脸上砸。

在集镇上擒住四个哥萨克，押在行军队伍中，边走边审问。四人的眼睛都晦暗无光，脸上青一块紫一块，遍布淤血。伤痕使双方拉近了距离。

"你们这摊烂肉，怎么想的，拿拳头往脸上捶？你们没枪吗？"

"有什么法子呢,喝醉了嘛。"哥萨克充满歉意地拱着肩。

士兵们顿时两眼放光:

"你们从哪儿弄的酒?"

"白军来到附近村子的时候,从花园里找到了埋在地底下的二十五桶酒,可能是咱们的人从酒坊里抢的,从阿尔马维尔运回来,埋在那边。白军让我们排成队,跟我们说:'你们要是能打下集镇,酒就归你们。'我们说:'现在给我们喝,就把他们揍个鸡飞狗跳。'这不,每人分到两瓶,我们都喝了。吃的东西可不给,好叫我们借着酒劲儿往上冲。我们就冲上去了。可是步枪太碍事。"

"嗨,你们这群王八蛋!!"一个士兵窜了出来,"简直是一群猪。"说着抡圆了膀子,朝那人的牙齿打去。

人们拦住了他:

"住手!是白军叫他们干的,打他干嘛?"

在拐弯的地方,队伍停下了,哥萨克人开始为自己挖坟掘墓。

一眼望不到头的辎重车扬起滚滚烟尘,笼罩了一切。车队吱吱嘎嘎动了起来,在乡村路上蜿蜒数十俄里①。前路的群山一片苍茫的蓝色。马车上点缀着零星的红色,那是散落其上的枕头;耙子、铁锹、小木桶竖在车上,镜子和茶炊闪着耀眼的光;一个个枕头之间、一堆堆衣服、铺盖和破布之间,露出孩童的小脑袋和猫咪的耳朵;鸡在鸡笼里咕咕地叫;母牛拴在车子上,跟在后面走;长毛狗蓬乱的皮毛上粘着刺球,它们伸着舌头,急促地喘着气,躲在马车的阴影里,慢吞吞地迈着步子。辎重车吱嘎前行,车上堆满了家具什物——哥萨克叛乱时,男男女女迫不得已从家中逃出,把手边摸到的一切东西都贪婪地扔上了车。

---

① 1俄里合1066.8米。——译者注

这般逃难对于外乡人来说并非第一次。近来,不断有叛乱的哥萨克起来反对苏维埃政权,将他们一次又一次地从巢穴中赶出来,但每次不过持续两三天而已。红军一来,秩序得以恢复,大家便归了巢。

而现在,情况持续得太久了,已经拖了两个星期。剩下的粮食只够维持几天光景。天天等,日日等,等着有人发话:"哎,现在咱们可以回家了。"然而越拖越久,越拖越乱。哥萨克的暴动闹得越来越凶。从四面八方传来消息:集镇上绞架林立,外乡人接二连三地被绞死。什么时候是个头呢?而今丢下的家业又该怎么办?

四轮车、板车、篷车都在吱嘎作响,镜子在太阳的照耀下反着光,孩童的小脑袋在枕头间摇摇晃晃。士兵的队伍鱼龙混杂,他们三五成群,沿着土路,沿着田埂和瓜地前行,沿途顺走了所有的西瓜、香瓜、南瓜和向日葵,如蝗虫般,将瓜果扫荡得干干净净。此时已经没有连、营、团之分,大家混在一处,乱成一团。每个人都走得随心所欲。有的唱歌,有的吵嘴,大喊大叫,骂骂咧咧,有的爬到马车上,昏昏欲睡地摆着头。

没有一个人想起危险,想起敌人。也没有一个人想起指挥员。指挥员若试图设法把这奔淌的洪流组织起来,定会被骂个狗血淋头。人们像扛棍子似的把步枪扛在肩上,枪托朝上,叼着烟,哼着下流的小曲,"这不是旧时代的压迫"。

柯茹赫隐没在这蜿蜒不断的洪流中,胸口一阵发紧,仿佛压紧的弹簧。哥萨克一旦扑过来,都会死在他们的刀下。希望唯有一线:一旦大难临头,人们就会和昨天一样,齐整而顺从地排成队列。不过,到时会不会为时已晚?他不禁暗自期盼,希望恐慌快些降临。

在这肆意喧闹的洪流中走着的,有沙皇军队复员的士兵,有苏维埃政权动员参军的士兵,也有志愿加入红军的,大多数都是小手工业者,桶匠、钳工、锡匠、细木工、鞋匠、剃头匠,渔民尤其多。这都是些食不果腹的外乡人,都是些疲于奔命的贫民,苏维埃政权的到来陡然为他们黯淡的生活揭开一线天,他们蓦地发觉,生活也可以不必像从前那样过得猪狗不如。大多数人毕竟是农民。他们几乎带着全部家产逃亡去了。留下来的都是富人——军官和家境殷实的哥萨克。这群人几乎毫发无损。

库班哥萨克骑着骏马,裹着紧身切尔克斯袍的俊美身躯在马背上一摇一晃,格外引人注目。不,这不是敌人,而是革命兄弟,是哥萨克贫民,大多数在前线打过仗,穿越了硝烟炮火和重重死劫,革命将不熄的火花投射到他们心里。

骑兵连鱼贯前行,他们头戴蓬松的毛皮高帽,帽子上缀着红色饰带。步枪背在肩上,黑黝黝的短剑和刺刀上镶着银子,熠熠生辉。在这奔淌的混沌之中,他们依旧井然有序地行进。

骏马摆着头。

他们即将与父老兄弟一同作战。他们抛弃了家中的所有,房屋、牲口、家什——已然倾家荡产。他们齐整而稳重地前行,用年轻有力的嗓音唱着乌克兰民歌,鲜红的饰带闪着艳丽的红光,那是恋人用可爱的手亲自缝上去的。

柯茹赫怜爱地望着他们:"好样的,兄弟!全部希望都寄托在你们身上了。"他怜惜地望着,并用更为亲切的眼神凝视着那些赤着脚的外乡流民,他们在滚滚尘雾中随心所欲地走着,衣衫褴褛,而他,与他们筋骨相连,血脉相通。

他的一生如一道斜长的影子拖在身后,紧紧相随,这影子可以忘却,但无法摆脱。这是最平凡不过的草原上的影子,疲于奔命、饥肠辘辘的投影,不识之无的灰暗的影子,那样幽暗、那样斜长的阴影。母亲还年轻,脸上却已沟壑纵横,宛如一匹备受摧残的老马,怀里抱着一群孩子,小手抓着她的衣襟。父亲同祖祖辈辈一样给哥萨克当雇农,精疲力竭,可无论如何挣扎,都无济于事,始终一穷二白。

柯茹赫从六岁起当牧童。草原,山谷,羊群,林莽,乳牛……云在空中漂泊,阴影在地面流浪。这就是他的课堂。

后来,这个机灵麻利的少年在镇上一家富农店铺里当学徒,不言不语地学会了识字;再后来参军,上战场,来到土耳其前线……他是一名出色的机枪手,在山里打仗时,带领机枪队摸到山谷里土耳其人的后方,战线则拉开在山脊上。当时土耳其的一个师朝山下撤退,他架起机枪一通扫射,敌人如草芥般成排倒下,灼热的鲜血冒着烟气飞溅在他身上,他从未料想过人的血可以如此肆意横流,深及半膝。可这是土耳其人的血,于是渐渐忘怀。

由于骁勇非凡,他被派往准尉学校。多么艰难啊!学习生涯令他头痛欲裂。他凭着蛮牛般的倔劲与功课搏斗,然而……还是不及格。军官们哈哈大笑,训育员、教官、士官生都嘲笑他说:"土老帽想当军官!狗东西……土老帽……蠢得像牲口!哈哈哈……还想当军官!"

他默默地怀着仇恨,咬紧牙关,眉头紧蹙,侧目而视。因为没有天分,他又被遣回原来的部队。

又是流弹纷飞,九死一生,流血漂杵,哀声遍野。又是他持枪扫射(他的眼神准得惊人),尸体如草芥般成堆倒下。在非人的紧张氛围中,死亡每分每秒都在头顶掠过,他根本来不及思考,这深及半膝的鲜血究竟是为谁而流?为沙皇、祖国,为东正教信仰?也许吧。然而依旧是云遮雾罩。而就眼前形势来看,分明是为了熬成军官,在哀鸣、鲜血和死亡中杀出重围,一如当年破茧而出,从小小的牧童蜕变为店铺学徒。他咬紧坚如磐石的牙关,泰然自若,把流弹肆虐的战场看成自家的农庄,在刈草场上,挥刀砍下一捆捆草芥,遍地都是横陈的草捆。

他再一次被派往准尉学校,因为军官短缺。战场上军官总是缺乏,而他事实上已经在担任军官的职责,有时还会指挥极为庞大的部队,而且从未吃过败仗。在士兵们眼中,他是自己人,是土生土长的庄稼汉,他们奋不顾身地追随着他,追随着这个面容粗粝的硬汉,追随着这坚如磐石的双颚,甘愿赴汤蹈火。为谁之名?为了沙皇、祖国、东正教信仰?也许吧。然而此时此地的处境如同在血雾中奔突,不敢旁骛,应当向前走,必须向前走,如若回头,便是敌人的机枪。有他引路,何乐而不为?就这样跟随着他,跟随着自己人,跟随这面容粗粝的庄稼汉。

艰难啊,如此艰难,如此痛苦!真是头痛欲裂。原来,学会十进制小数比冒着炮火安然赴死要艰难得多。

军官们笑得前仰后合。学校里满坑满谷都是军官,有用的没用的都麇集在这里,多半是没用的。后方向来是世外桃源,挤满了不上前线的逃兵,而为了这些逃兵,又在后方设置了成千上万无用的职位。军官们笑得前仰后合:土老帽,笨蛋,脏兮兮的混蛋!……这般嘲弄,这般刁难,即便最终全部答对,仍是不合格。

于是再次遣回部队,再次遣返……因为天分不足。

狂怒的炮火,爆炸的榴弹,机枪无情的扫射,血与火的狂澜,"四面是死亡,是地狱",而他,一如在自家田里劳作的庄稼人。

这个干练持家的庄稼汉,如蛮牛般乖戾倔强,似磐石般力压千钧。他是地地道道的乌克兰人,颅骨压到眉眼上,压向那双小而犀利的眼睛。

由于在死之重围中骁勇善战,他第三次,是的,第三次被派往准尉学校。

军官们依旧捧腹大笑：又是他？土老帽……混蛋……罗圈腿！……于是……于是又一次次遣回部队，因为天分不足。

这次，司令部义愤填膺，来了指示：让他当准尉——军官已大幅减员。

呜呼！军官大幅减员。有的战死，也有的逃到了后方。

在一片鄙夷声中，他获准当上了准尉。他回到连队，肩上的徽章闪闪发光。总算到手了。可他心中喜忧参半。

喜的是，肩章总算到了手，在历尽万难，经受了非人的压力之后，终于达到了目的。忧的是，肩上闪闪发亮的徽章将他和自己人隔开了，隔开了那些亲人、农民和战友。与士兵有了隔膜，同军官亦无法亲近，柯茹赫的周围形成了一道虚空的圆环。

军官们不再明目张胆地说"土老帽""混蛋""罗圈腿"了，然而在营地，在食堂，在帐篷里，无论何处，只要有带肩章的人三三两两聚在一起，柯茹赫的周围就会形成一个空荡荡的圆环。他们一语不发，却默默地交换眼神和脸色，一举一动都仿佛在说："混蛋，土老帽，臭烘烘的罗圈腿……"

他默默地怀着仇恨，如顽石般不动声色，将憎恶深深地埋在心底。他痛恨着，蔑视着，用面对重重死亡时冰冷的无畏掩盖着这种仇恨，掩盖着自己与士兵们的隔膜。

陡然间，地动山摇：亚美尼亚的群山，土耳其的师团，六神无主的士兵，惊慌失措的将军，喑哑的火炮，还有山巅上三月的白雪……仿佛咔嚓一声天崩地陷，裂缝中钻出一个空前骇人的巨物，前所未见，却恒久而隐蔽地潜藏在隐秘之处，深渊之中。人们叫不出它的名字，然而一旦亮明身份，就成了稀松平常、简单明了的必然之物。

来了一群人,普通人,有着面黄肌瘦的工人脸孔,将这裂隙越发猛烈地撕扯开来,撕得越发宽阔。从裂缝中涌出世世代代的仇恨,世世代代的重压,还有怒火熊熊的世世代代的奴役。

看着肩膀上那熠熠生辉的肩章,柯茹赫第一次感到了后悔。凭着磐石之志,这肩章好不容易到了手,如今却使他与工人的敌人,与庄稼人的敌人,与士兵的敌人,沦为了一丘之貉。

十月的日子如雷声滚滚而至,他厌恶地撕下肩章,抛得远远的。他被士兵归心似箭、势不可挡的喧闹洪流卷挟进去,躲藏到阴暗的角落,尽力沉潜,坐在拥挤的取暖车里,一路颠簸。醉醺醺的士兵吼着歌,搜捕躲藏起来的军官。若是被发现,恐怕他连家也回不成了。

回到家中,一切都支离破碎。旧的制度,旧的关系,整个地崩颓了,而新的还是一片朦胧,一片混沌。哥萨克与外乡人抱成团,搜捕军官,就地处决。

工厂来的工人,凿沉军舰、匆匆赶来的水手,如同一粒粒酵母,落入这沸腾的人群,于是库班一带的革命就像发酵的面团,迅速膨胀起来。一座座集镇、农庄和村落,都建立了苏维埃政权。

柯茹赫虽然不会说"阶级""阶级斗争""阶级关系"这些字眼,却从工人之口深深感知到了这一切,凭着感觉和情感捕捉到了其中的意思。当初让他心中充满顽石般仇恨的军官阶层,如今在无边无际的阶级斗争所唤起的知觉与情感面前,竟变得微不足道。军官,只不过是地主和资本家的走狗,实在可怜。

当初凭着非人的执着得到的肩章的印记,如今在炙烤他的双肩。尽管人们知道他是自己人,却依旧侧目而视。

凭着顽石般的执着,凭着乌克兰人的坚韧,他决心用烧红的铁,用自己的血,用自己的生命来将这印记烙平,并以同样的代价,不，用比这更为巨大、无可估量的代价，为贫苦大众效力。他与他们骨血相连。

碰巧来了机会。贫民开始铲除资本家。由于那些但凡有一条多余裤子的都算资本家，小伙子们便挨家挨户地搜，箱箱柜柜都打开，东西拽出来就地瓜分，当场穿在身上——必须做到人人平等。

趁柯茹赫不在家，大伙儿也去他家探了个究竟，挑走了那些还算像样的衣裙。柯茹赫回来时，身上穿着破烂的军便服，头上耷拉着一顶旧草帽，还是那身一成不变的行头。而他老婆只穿着一条连衣裙。柯茹赫挥挥手，一笔勾销，他心中充溢着一种感觉，一种坚定的思想。

小伙子们均贫富的大手伸向了哥萨克。均到土地，库班沸腾起来，苏维埃政权付之一炬。

如今柯茹赫被嘈杂之声包围，在大车的吱嘎声、说话声、吵闹声、马的嗤鼻声和无边无际的尘埃中前行。

八

　　山前的最后一个集镇混乱不堪：吵闹，呼喊，哭叫，不堪入耳的谩骂，分崩离析的部队，士兵们零零星星，各自为伍，镇子后面传来枪声和呐喊，一片慌乱。大炮时不时隆隆作响。

　　柯茹赫带领自己的部队和难民逃到这里。斯摩洛库洛夫也带着自己的队伍和难民朝这边赶来。被哥萨克紧追不舍的部队一支接着一支，从四面八方源源不断地来到此地。在这最后一块方寸之地上汇聚了成千上万走投无路的难民。民主党和哥萨克毫不留情，不分老幼，一律斩尽杀绝，所有人都得死在屠刀之下、炮火之中，要么就在树上吊死，要么赶到深山野墺，在乱石荒土中活埋。

　　绝望之中，一次次传来呼号："被出卖了……指挥员把我们出卖了！"当枪炮之声越发密集，人群猛然爆发起来：

　　"逃吧，各自逃命去吧！……散了吧，弟兄们！"

　　柯茹赫部队的小伙子们勉强抵住了哥萨克的进攻，暂时压制了恐慌，然而都隐隐觉得，这局面维持不久。

　　指挥员争分夺秒地商谈着，但仍是竹篮打水一场空。谁也不知道下一秒会发生什么。

柯茹赫发话了：

"唯一得救的办法,是翻过山,沿着海岸急行军,绕道与主力部队会合。我队现在就出发。"

"你出发试试,我马上朝你开火。"斯摩洛库洛夫说,他身材高大,蓄着浓密的黑胡子,牙齿森森地闪着光,"应当光荣抵抗,而不是逃跑。"

半个钟头后,柯茹赫的部队开拔了,谁也没敢阻挠。刚一出发,成千上万的士兵、难民、马车、家畜便慌慌张张跟了上去,挤作一团,把公路挤得严严实实。他们争先恐后地往前冲,把拦路的往沟里搡。

一条无尽的活蛇向着群山蜿蜒而去。

九

　　走了整整一天，又走了整整一夜。拂晓时分，队伍停下来，马依旧全副武装，套在车上，人潮在大路上绵延数俄里。山隘上空，硕大的星斗光芒闪烁，近在咫尺。峡谷中水声喧哗，潺潺不息。烟霭四合，一片沉寂，仿佛这群山、林莽和峭壁都不存在似的。只有马匹大声咀嚼着干草。眼睛还未来得及闭合，繁星便黯淡下来。远方浮现出林木幽幽的山脊，峡谷中飘起一层乳白色的晨雾。队伍再次抖动起来，沿着大路爬行，蜿蜒数十俄里。

　　遥远的山脊背后浮起一轮朝阳，炫目的阳光喷薄而出，驱赶着山间一道道狭长的蓝色阴影。先头部队已到达了山隘。登上隘口，每个人都发出一声惊叹：一道悬崖壁立千仞，截断了绵延的山岭，一座城市在下方朦胧地闪烁，宛如海市蜃楼。更加出人意料的是，城市另一边，大海如高不可攀的深蓝色高墙，陡然耸起。这空前巨大的峭壁，这浓郁的绀碧色块，使每个人的眼眸中都映出湛蓝的海影。

　　"噢，看，大海！"

　　"海怎么像墙一样立起来了？"

"看来咱们得从墙上爬过去了。"

"为啥站在海边上看,它就躺平了,无边无沿的,铺了老远呢?"

"没听说过吗?摩西带领犹太人出埃及的时候,跟咱们这会儿一个样,海水像墙壁一样耸了起来,人们走过去,就像走在陆地上。"

"可看上去,好像挡住了咱们的路,不放咱们过去呢。"

"这都怪加拉西卡,他穿着一双新鞋,怕弄湿了。"

"该叫神甫过来,他一下子就解决了。"

"嗨,把那长毛神甫塞到你裤子里得啦……"

部队更加豪放地迈着步子,向山麓进发,手臂摆动得更欢快了,欢声笑语在周遭回荡。队伍离山麓越来越近,谁也没注意到那艘庞大的黑色军舰。此时,它如一把巨大的烙铁,一动不动伏在水上,暗含凶险,阴郁地吐着浓烟,玷污了海湾那蔚蓝的景致。这是一艘德国装甲舰。周围排列着一条条黑色细线,是土耳其人的驱逐舰,同样冒着黑烟。

一批又一批士兵兴高采烈地迈着大步,从山岭那边翻越过来。他们无一不为这耸入云霄的深蓝峭壁而感到震惊,眼眸中映出海的蓝色,愈加振奋地摆起双臂,在蜿蜒的白色大路上阔步前行。

辎重车也跟了上来。马摇着滑到耳朵上的笼头。乳牛款款地迈着小碎步。孩子们骑着竹马,欢叫着,跑得飞快。大人们匆忙加快脚步,扶住越滚越快的马车。所有人都一刻不停地在弯弯曲曲的道路上左拐右拐,向着未知的命运,快活地匆匆赶去。

身后,隘口处高峻的山岭,遮蔽了半个天空。

先头部队已经下山,宛若无尽的长蛇,绕过城市,在海湾和一座座水泥厂之间穿行,如一条狭长的带子,绵延到远方。一侧是光秃秃的石山,直逼海岸,另一侧的景象则令人惊叹:辽阔的海面似蔚蓝的眼波盈盈,那样温柔、那样空寂地铺展开来。

既无烟尘,也无闪烁的白帆。只有无边无涯的海浪,好似若隐若现的玲珑花纹,时涨时落,透明的海水舔舐着湿漉漉的礁石。在这深邃无底的寂静中,原初之声缥缈如歌,唯有心灵能够聆听。

"瞧,海又躺下了。"

"你不会以为到了这儿,它还会像一堵墙似的立着吧?从山上看,它使了障眼法。不然的话,人们怎么在海上航行呢?"

"哎,加拉西卡,这下你的新鞋要完蛋了,要是横穿大海,非得湿透不可。"

可加拉西卡扛着枪,赤着脚,依旧快活地迈着大步。

善意的笑声在队伍里荡漾开来,走在后面的什么也没听见,不明事情原委,却也跟着放声大笑起来。

一个阴郁的声音说:

"反正都一样,我们如今已无路可退,这边是水,那边是山,身后是哥萨克。想拐个弯都没得拐。除了前进,别无他法!"

先头部队沿着逼仄的海岸走了很远,消失在曲折的转角处,队伍中部无止无休地绕着城市前行,而队尾还在大路上快活地绕着弯,顺着蜿蜒的白色山路从山脊往下走。

装甲舰上的德国司令发觉了这出乎意料的异常举动,尽管是别国城市的地盘,却处在他皇家大炮的威慑之下,这已经构成了骚乱。于是下令让这来路不明的人群、辎重、士兵、妇孺,让这群绕过城市、匆匆赶路的不速之客立即停下脚步,上交武器、军需、粮草,原地待命。

然而这条风尘仆仆的灰蛇依旧匆忙地爬着。忧心忡忡的乳牛依旧胆怯而迅疾地迈着小碎步;孩子们攀住马车,迈开小脚快速疾行;大人们一语不发,抽打着马匹僵直的身体。队伍里传来一阵阵低沉、粗犷、齐整的轰鸣,在深渊中激起回声。一团团尘埃从脚下浮起,白晃晃炫人眼目。

另一股负着重荷的马车的支流从城市的方向涌来,汇入这无穷无尽的洪流,轧轧作响,被海风吹得咸涩的嗓音不住地谩骂,车轮碰撞,不时撞坏对方的车轴。源源不绝的马车队伍中,尽是些身强体壮、被烈酒浸透了的水手。雪白的海军服上,深蓝色的翻领分外夺目;黑黄条纹的飘带从圆帽上垂下,随风飘摆。千余辆大马车、板车、便车、四轮车、敞篷车涌入这匍匐前行的辎重队,车上坐着浓妆艳抹的妇人和大约五千名水手,用最粗俗不堪的话骂骂咧咧。

德国司令等待片刻,这洪流却无半点停下来的意思。

突然,从装甲舰上爆发出炸裂般的巨响,仿佛一堆庞大的碎片轰然崩塌,撕碎了蔚蓝的岑寂,隆隆之声传遍深山野谷。一秒钟过后,在渺远的天涯海角,在寂然而迷蒙的蔚蓝的远方,传来一声回响。

蛇形逶迤的洪流上空,一个神秘的白色小球翩然升空,却陡然破裂开来,发出沉重的爆炸声,随后缓缓飘散,消失在空气中。

一匹夜里被误认成黑色的枣红骟马,蓦地前蹄腾空,扑通一声重重栽倒在地,砸坏了车辕。二十来人向它扑去,有的揪住马鬃,有的抓住尾巴,还有的拽住马腿、耳朵和额鬃,一下子把它从大路拉到沟里,马车和满车的辎重也栽了下去。于是后面的马车一秒也未耽搁,依旧挤占着整条大路,一辆接一辆,浩荡前行。戈尔碧娜和安卡哭哭啼啼地从翻倒的马车上随手抓了些东西,胡乱塞到别家车上,步行着向前走了,老头子用颤抖的双手匆忙割下套绳,把笼头从死马身上卸下。

装甲舰的第二发炮弹如一条炫目的巨大火舌,城里再次轰隆一声巨响,响声回荡在山间,一秒钟后,远海上响起沉闷的回声。光芒闪烁的蔚蓝高空中再次出现一个雪白的小球,人们呻吟着向四处倒下。马车上,一位黑眉毛、戴着耳环的年轻母亲正怀抱着孩子喂奶,那孩子匆忙地吮吸着,忽然软了下去,垂下小手,逐渐冰冷的小嘴缓缓张开,松开了乳头。

她如发狂的野兽般呐喊起来。人们扑到她跟前,但她不放手,恶狠狠地挣扎着,徒劳地把乳头塞向冰冷的小嘴,白色的乳汁不断地滴下来。孩子半闭着眼睛,小脸黯淡下来,逐渐泛出黄色。

可这长蛇绕过城市,依旧爬着,爬着。高高的隘口上,太阳底下,出现了更多的人和马匹。他们是那样渺小,勉强可辨,还不如小指甲大。他们忙乱了一阵儿,在马匹周围绝望地折腾一番,蓦地沉寂下来。

与此同时,巨响一声接着一声,响了四次,这声音炸裂开来,漫山遍野地翻滚,而下方,大路两侧,各处都有白色小球迅疾地腾空而起,起初在高空爆炸,后来越来越低,离公路越来越近。爆炸之处,人、马、牛,就地倒下,发出痛苦的呻吟。人们顾不上理会这呻吟,急忙将伤者拽到车上,把倒地的马和牛拖到一旁。长蛇继续爬着,爬着,马车一辆接着一辆,片刻不停地向前驶去。

皇家司令恼羞成怒。为了维护秩序,老幼妇孺自然皆可射杀,然而没有他这位司令官的许可,任何人都不敢这么做。装甲舰上长长的炮筒扬了起来,一声巨响,喷吐出庞大的火舌,在蔚蓝的深渊上空,在辎重车上空,在高高的山巅上掠过,向远方急速飞去,发出"喀啦——喀啦——喀啦"的声响……接着,在隘口,在遍布指甲大小的人、马、炮的地方爆炸开来。人们再度陷入恐慌。拥有四门大炮的炮兵连,开始轮番用炮弹回敬这位司令官,"格本"号军舰上方,一个个白色小球在碧空中纷飞。"格本"号愤怒地沉默了。烟囱里喷出大团的黑色浓烟。它烦闷地挪动身躯,从蔚蓝的海湾缓缓退出,驶向深蓝的海面,掉转身,接着……

……爆炸声撼天震海。碧海黯然失色。脚下涌来一股非人的力量,摇撼着大地。胸腔头颅、五脏六腑震得难受,房屋震得门窗大开,所有人都震得片刻失聪。

山隘那边,一团黑绿色的庞然巨物,缓缓盘旋着,升入空中,阳光也穿不透那阴郁的身躯。遮天蔽日的毒气中,一群幸存下来的哥萨克恶狠狠地挥起鞭子,抽打拉炮车的马匹,马拉着仅存的大炮,朝山上飞奔,不一会儿消失在山岭后面。那黑绿色的庞然巨物仍在原处阴郁地盘旋,徐徐弥漫开来。

这匪夷所思的震撼,使大地崩颓,坟墓开裂,大街小巷死尸横陈。幸存的人们如蜡人般呆滞,眼窝深陷,黑洞洞地吞噬了眼睛,破衣烂衫散发着熏人的臭气。他们拖着身子,匍匐着,踉踉跄跄,朝着同一个方向——朝着公路挣扎。有的人默不作声,痛苦地移动双脚,聚精会神地往前走;有的人卖力地挪动拐杖,拖着没了腿的身子,追赶前面的行人;有的人只顾向前跑,边跑边用古怪而沙哑的嗓音声嘶力竭地呐喊。

不知何处传来纤细的声音,宛如射伤的鸟儿:

"水……水啊……水……"这微弱的声音,仿佛受伤的鸟儿在干枯的荒草中啼叫。

这是一个年纪尚幼的小伙子,衣衫褴褛,破洞中露出发黄的身躯,他一脸漠然地移动着僵死的双腿,用害了热病似的眼睛张望着,却什么也看不到。

"水……水啊……"

一个护士,头发和男孩一样剃得精光,破破烂烂的袖子上缀着褪了色的十字,光着脚在他身后追赶:

"站住,米佳……你去哪儿……马上就给你水,还有茶,等等……咱们回去吧……他们也不是野兽……"

"水啊……水……"

民宅纷纷关门闭户,从阁楼上和篱笆后面,朝背后放冷枪。诊所、医院、私人住宅中,人们从门口爬出来,从窗口落下来,从楼上摔下来,在渐行渐远的辎重车后面追着,爬着。

这边是水泥厂和公路……乳牛、马匹、狗、人、板车、马车,都沿着公路慌张地走。蛇尾也爬过去了。

人们拖着残肢断臂,脏兮兮的布条裹着粉碎的下巴,血迹斑斑的头巾缠着头,绷带扎着肚子,匆忙地走着,用患了热病似的眼神目不转睛地盯着公路。而马车兀自离去,马车旁赶路的人面色阴沉,眉头紧蹙,只管盯着前方。哀号声不绝于耳:

"兄弟们!……兄弟们!……同志们啊!……"

四处传来残破沙哑的嗓音,还有响彻山野的尖利声音:

"同志,我不是伤寒,我不是伤寒,我是受伤了,同志们!……"

"我也不是伤寒……同志们!"

"我也没得伤寒……"

"我也……"

"我也……"

马车绝尘而去。

一个人抓住一辆满载着家什和孩童的大马车,用双手牢牢攀住,单腿跳着。马车主人胡须花白,饱经风吹日晒的脸黑得好似鞣皮,他弯下身,抓住那人仅存的一条腿,将他塞进马车,压到那群吱哇乱叫的孩子头上……

"你干吗!小心点,别把孩子压死了!"歪戴着头巾的老太婆大声喊道。

独腿人的脸上现出无上幸福的神情。而公路上,人们都不停地走着,磕磕碰碰,跌倒了就赶紧爬起来,或者倒在路旁一动不动,脸色苍白。

"亲人们呐,要是能带,绝对都带走,可往哪儿放呢?我们自己人受伤的有多少!吃的一点也没有,跟着我们也一样是死,真可怜你们啊……"女人们擦着鼻涕,拭着簌簌直落的眼泪。

一个身材魁梧的独腿士兵,满脸愁容,目不转睛地盯着前方,将拐杖向前挪一大截,继而沉重的身躯紧跟过去,不停地丈量着公路,嘴里骂着:

"你妈的……妈的混蛋!……"

辎重车越走越远。最末的车轮已经远远地扬起尘埃,铁轴轧轧的声响也渐次微弱了。城市,海湾,都留在了身后。只有荒寂的大路径自蜿蜒,路上的人如蜡黄的死尸,零零星星拖了很远,跟在杳无踪影的辎重车后面,缓慢地移动。渐渐地,他们无力地停了下来,在路边坐下,躺下了。所有人都用同样黯淡的双眼凝视着同一个方向,凝视着最后一辆马车消失的地方。尘埃映着斜晖,静静地沉落下去。

那高个子的独腿士兵依旧挪着拐杖,抛送着沉重的身躯,在荒无人烟的大路上前行,嘴里嘟囔着:

"妈的!!血都为你们洒尽了……被你们这样抛下!……"

对面,哥萨克入城了。

十

周遭弥漫着疲倦的夜。黑压压的洪流携着喧嚣,一刻不宁地奔淌。

倦意浓浓的星斗已变得苍白。朦胧之中浮现出烧得荒芜了的褐色山峦、沟壑和峡谷。

天光越来越亮。变幻无穷的大海无边无际地铺展开来,时而染上曼妙的紫色,时而笼罩着白茫茫的烟霭,时而托着沉落其中的蓝天,幻化成一座迷离的深渊。

山顶亮了起来。不计其数的黑黝黝的刺刀在晨光中颤抖摇摆。

公路近旁就是嶙峋的峭壁,顶上坐落着葡萄园、白色的别墅和空寂的山庄。偶尔有人倚着铁锹和鹤嘴锄,头戴自家编的草帽,在崖上伫立、张望。士兵们摆着手臂,无止无休地从旁走过,不计其数的锋利刺刀随着脚步摇晃。

他们是谁?从哪儿来?他们是要去哪儿,竟如此无止无休地走,疲惫地晃着手臂?脸色蜡黄,好似鞣皮;满身灰尘,衣衫褴褛;眼睛上挂着重重的黑眼圈。马车吱嘎作响,疲倦的马蹄沉沉地敲击着路面。孩子们从车里探头张望。想必从未歇息,连马都垂着头。

铁锹又开始在土里挖着。与他们有何相干!……疲惫的时候,直起腰杆,却又看见那些人沿着公路,沿着曲曲折折的海岸,驯顺地走着,走啊,走啊,无数的刺刀摆个不停。

太阳已经升到了山顶,暑热在大地上汇集,海水的反光刺人眼目。一个小时,两个小时,五个小时过去,那些人仍在走着,走着。步子变得踉踉跄跄,马匹渐次停下。

"这个柯茹赫,莫不是昏了头!"

掀起一片咒骂。

柯茹赫得到情报,汇入队伍的斯摩洛库洛夫的两支部队和辎重都掉队了,他们途经村庄,留下过夜,如今与队伍遥遥相望,中间隔了十余里路。他眯起那双小小的眼睛,藏起不合时宜的嘲讽的火花,什么也没说。队伍依旧走着,走着。

"这是要累死咱们呢。"队伍中掀起一阵低声的抱怨。

"干吗跟赶牲口似的?这边是海,这边是山,谁能动得了咱们?照这么走下去,哥萨克不来,咱们也累死了。已经丢了五匹马了,走不动了。现在连人也倒在路边。"

"你们干吗任他摆布!"水手们喊道,身上挂满了左轮手枪、手榴弹、子弹带,绕过前进的马车,混入行进中的队伍,"你们看不到自己在受压迫吗?难道他没当过军官?他毕竟是戴过金肩章的人。你们最好记住,他带你们去送死呢。将来后悔也来不及了。"

太阳将影子缩得很短,队伍停下来做一刻钟的休整。饮了马,汗流浃背的人们也都喝足了水,于是又开始沿着炽热的公路向前移动,沉重地挪着灌了铅一般的双腿,灼人的空气窒窒地流动。海水光芒闪烁,炫目得令人难耐。人们继续走着,那窃窃私语的怨言,如今已明目张胆,咄咄逼人,在队伍中引起一阵又一阵慌乱。几个连队和营队的指挥员都向柯茹赫声明,要让自己的队伍停下休息,随后单独行动。

柯茹赫面色一沉,没有做任何答复。队伍依旧走着,走着。

夜里,终于停下来。公路沿线,几十俄里的苍茫夜色都闪烁起点点篝火。砍下的尽是些虬曲低矮、抓地而生的马甲子的枯枝——这片荒原上没有森林;又从附近的别墅拔了篱笆,拆了窗框,家具也被拖出来,如数烧了。火苗上悬着煮饭的锅,饭食在锅里翻滚。

原本以为,经受了这难耐的疲惫,所有人都会直挺挺地倒下,像死了一样睡去。然而,黑夜被篝火照亮,在红彤彤的火光中跳跃颤抖,奇迹般地焕发出生机。荡漾着欢声笑语,飘来手风琴的乐声。士兵们嬉笑解闷,朝着火堆你推我搡。有的去了辎重那边,同小姑娘们调笑。热粥在锅里翻滚。大堆的篝火,火舌舔舐着连队漆黑的锅子。军用灶很少像这样炊烟袅袅。

这无边无际的营盘,仿佛要长久驻扎下去似的。

十一

夜,跟随所有人一同赶路的时候,似乎还是完整的;一旦停了脚步,就裂成无数碎片,每块碎片都独对着各自的生活。

一堆不大的篝火,上方悬着一口小锅。这口锅是连同其他家什和食物,从翻倒的大车上匆忙拽下来的。火堆旁坐着老太婆戈尔碧娜,蓬头散发,在微红的光影中好似一个老巫婆。身旁的地面上铺着一件毛呢外套,老头子躺在上面睡着了,尽管夜间温暖,他还是用外套的一角盖住了脸孔。老太婆在火边坐着,哭诉起来:

"怎么连碗,连汤匙都没了……小木桶也丢下了。会落到谁手里呢?槭木做的,多漂亮,多结实。我们还会有那样的马儿吗?那么好的枣红马!多么会跑的马啊!从来用不着拿鞭子抽。老头子,来吃点吧。"

外套底下传来沙哑的声音:

"不想吃。"

"你干啥呢!不吃会生病的,到时候,还叫人抬着走吗!"

老头子闷声躺在地上,在黑暗中遮着脸。

不远处的公路上停着一辆马车,旁边有个苗条的姑娘,白晃晃

的身影浮现在夜色中。传来姑娘的声音:

"我的小可怜,小心肝,松手吧!这样下去可不行……"

女人们的身影在马车旁若隐若现,几个声音响起:

"放手吧,得把这小天使的灵魂埋葬了呀。上帝会收留他……"

男人们默默地站着。

女人们又说:

"奶头都肿起来了,按不动了。"

都伸出手来,查看那鼓胀的、手指按不动的乳房。而她披头散发,猫眼似的眼睛在黑暗中闪闪发光,低下头,找寻破烂衣衫下面挺起来的雪白乳房,用熟练的手指挟住奶头,温柔地塞向那一动不动的、张开了的冰冷小嘴。

"硬得像石头。"

"已经死了,不能这么放着。"

男人们说:

"干吗那么多废话,抢过来不就结了。"

"会生传染病的。这样下去怎么行!得埋了呀。"

两个身强力壮的男人抓住孩子,试图掰开母亲的手指。野兽般歇斯底里的尖叫划破了夜色,掠过公路边那一连串次第明灭的篝火,在混沌的海面上回荡。倘若有人隐匿在荒寂的山中,想必也能听到这呼号声吧。一番激烈的争夺,马车吱嘎作响,摇晃起来。

"咬,咬人呢!……"

"见鬼去吧,牙齿挨到手上张嘴就咬。"

男人们逐渐放弃了。女人们又伤心地站着,不一会儿也散去了。又有一些人走上前来,按她肿胀的乳房。

"这样她也会死的,奶水都凝固了。"

这个披头散发的女人依旧坐在马车上,不停地四处转动着蓬乱的头,干涩的野兽般的眼睛警觉地闪着光,似乎每一秒钟都准备做殊死的防御,间或温柔地用乳房哺育那张僵冷的小嘴。

火光战栗着,远远地消逝在黑夜中。

"小心肝,把他给我吧,给我吧,他已经死了呀。咱们把他埋了,你哭几声吧。你怎么不哭呢?"

姑娘把这蓬乱的女巫般的头颅按在胸前。怀里的人那双狼一般的眼睛在黑暗中闪着灼热的光,她急切地把姑娘推开,用沙哑的嗓音说:

"小声点儿,安卡。嘘……他睡着呢,别惊动他。他要睡一整夜呢,早上起来玩儿,等着斯捷潘回来。斯捷潘一来,他的小嘴儿就吐沫沫,踢打着小脚,玩儿得可起劲呢。哎,多可爱,多懂事的小宝宝,多聪明啊!……"

于是她低声笑起来,笑得那么安静,那么甜美。

"嘘……"

"安卡!安卡!……"篝火旁传来一个声音,"你怎么不来吃晚饭……老头子不吃,你又死哪儿去了……呵,你这眼尖的山羊……饭都凉了。"

女人们接二连三地来,在她胸前摸着,叹息一阵儿,又都离开。有的站在那儿,托着下巴,抱着胳膊,观望着。男人们惶惶不安地叼着烟袋,微红的火光不时照亮他们胡子拉碴的脸。

"得派人叫斯捷潘来,不然孩子会在她怀里烂掉,非生蛆不可。"

"已经叫人去了。"

"打发瘸子米基特卡去了。"

十二

这是些非同寻常的篝火。连说话声也与众不同,还有那笑声,女人俏皮的尖叫声,低沉的谩骂声,酒瓶的碰撞声,都是那般非比寻常。有时,几把曼陀铃、吉他、巴拉莱卡会陡然间一同响起,宛如一支齐整的乐队,在琴弦上奏出激越的音符,仿佛周遭全然不是黑夜,仿佛这篝火也并非黑暗中那一串零星的光点。黑压压的群山岿然不动。隐于夜色的大海缄默不语,生怕自己那庞大的静穆惊扰了欢闹的人群。

人也是那样出众,魁梧的身躯,宽阔的肩膀,一举一动很是稳健。当篝火摇曳的红色光圈将他们笼罩,火光中就映现出他们矫健的身躯——酒足饭饱之后,尤显身强体壮,皮肤泛着青铜色泽,松垮垮的黑色裤子,宽裤脚来回摆着,白色海军上衣,露出青铜色的脖颈和胸膛,圆帽上的飘带在背后飘摆。一言一语,举手投足,都伴随着粗野的谩骂。

篝火明灭的反光在黑暗中捕捉着女人的身形,她们好似熙熙攘攘的光点,嬉闹,闪烁。一阵阵笑声和尖叫声——这是恋人在调笑。提起花裙子的下摆,蹲在篝火旁煮饭,用沙哑的嗓音迟疑地应和着此起彼伏的歌声。地面上,四方形桌布泛着白色,上面摆着一盒盒鱼子、沙丁鱼、鲐鱼,还有一瓶瓶酒、果酱,还有馅饼、糖果和蜂蜜。这座营盘的嘈杂声、铿锵声、粗犷的笑声、骂声、呼应声,以及曼陀铃和巴拉莱卡那突如其来的悦耳的铮铮琴音,在黑暗中绵延了很远,很远。间或响起突兀而有力的合唱,歌声蓄满了醉意,却是那样和谐、齐整,陡然间充溢了漆黑的夜色,继而被话语打断:"瞧见了没?瞧瞧咱们,什么都会。"随即又响起铿锵之声、笑声、说话声、尖叫声,还有善意诙谐的骂声。

"同志们!"

"有。"

"撒开了玩儿吧。"

"闹起来吧!你爷爷的,你八辈祖宗!……"

"嘿,你这饭桶①!把这手铐子砸了吧……你这家伙!……砸呀……"

声音被打断了。

"同志们,咱们到底为什么来这儿?莫非军官横行的时代又回头了吗?……凭什么让柯茹赫发号施令?……是谁把他捧成了将军?同志们,这是对劳动人民的剥削。他们是敌人,是剥削者……"

"揍死他们,他娘的!……"

接着又齐声合唱起来:

"同志们,英勇向前,步调一致,斗争之中,抖——精——神……"

---

① 原文为水兵的行话,原意是"船上的厨房",也指水兵的肚子,为戏谑、骂人的粗话。

071

十三

篝火照着他,他一动不动地坐着,双手抱膝。一匹马从背后的黑暗中探过身子,马头映在红色的光圈里,柔软的嘴唇匆匆衔住地上散落的干草,响亮地咀嚼着,漆黑的大眼睛,不时闪烁着紫色的光芒,显得机敏而专注。

"就是这样。"他说。他依旧抱膝沉思,目不转睛地凝视着颤抖的火光,径自讲下去:"捉住的一千五百名水兵都被撵了过来,聚在一块儿。他们也是群傻子,说什么:咱们是水上的人,咱们的事儿也是海里的事儿,谁也休想动咱们。可他们还是被撵过来了,叫他们排成队,说:'挖。'旁边是机枪,两门大炮,哥萨克端着步枪围成一圈。瞧吧,这群倒霉家伙就赶紧开始挖,拿着铁锹挖呀,刨呀。都是些年轻小伙子,身强体壮。半山腰上挤满了人。婆娘们哭个不停。军老爷拎着左轮手枪来回转悠。谁的铁锹挥得慢,就朝他肚子开枪,好叫他多受罪。这些家伙是在替自己挖坟,那些肚子上中了枪子儿的,都呻吟着,在血泊里爬。人们哪怕叹一口气,军老爷们都会说:'闭嘴,你们这帮狗崽子!'"

他讲着这事,所有人都默默地听,似乎在聆听那些未曾讲到的事。有些事他还未曾开口,人们却不知缘何,似乎早已知晓。

他们有的站在周围,映着红彤彤的火光,摘了帽子,倚着刺刀;有的趴在地上,侧耳听着;有的从黑暗中探出头,头发凌乱不堪,用拳头撑着脑袋,聚精会神地听。老头子们的脸被大胡子埋着。女人们一副伤心的样子,衣衫在黑暗中泛着白色。篝火将熄的时候,只剩他一人抱膝坐着,马在他身后时而垂下头,时而抬起,响亮地咀嚼着干草,漆黑的眼睛机敏地闪烁着,似乎也在凝神谛听。这无边的黑暗中仿佛只有他,没有旁人。眼前浮现出草原和风磨,一匹黑马在草原上飞驰,飞奔到近前,一个被砍得血肉模糊的人像口布袋似的翻身滚落。后面跟着另一个,跃下马,耳朵贴住死者的胸膛。"我儿子……儿子……"

有人将马甲子粗糙虬曲的枯枝添在亮着微光的炭火上。枯枝蜷曲着,蓦地腾起火焰,逼退了黑暗,于是又现出倚着刺刀站立着的身形,老人们的脸依旧被胡须埋着,女人们一脸伤心相,凝神谛听者撑在拳头上的脑袋复又被火光照亮。

"他们连小姑娘也不放过,唉,真是百般凌辱。整整一百个哥萨克……一个接一个地糟蹋她,就这样被他们折磨死了。她是我们医院的护士,像男孩子一样剃光了头发,总是光着脚跑来跑去,以前是工厂女工,满脸雀斑,是个快活的姑娘。她不肯抛下伤员,不然没一个人照看,连打水的人都没有。好多人得了伤寒,病倒了——全被砍死了,足足有两万人。人们从楼上跳下来,摔在马路上。军官和哥萨克挥着马刀满城搜捕,杀得一个不剩。满城鲜血涂地。"

于是不见了星空夜色,黑漆漆的群山也隐于无形,只剩下那呼号声:"同志们!同志们!……我没得伤寒,我是受伤了……"那身影在眼前浮动,久久不曾散去。

又是黑暗,黑暗上方是点点繁星。他安然地讲着,那些未曾讲到的事,人们仿佛又一次觉察到了:他十二岁的儿子叫人用枪托砸碎了脑袋;老母亲死于皮鞭之下;妻子被一伙人肆意凌辱,之后在辘轳上吊死;两个小孩子下落不明。对于这些,他闭口不言,然而人们却不知缘何,似乎早已知晓。

庞大的静默,隐匿在群山神秘的黑影中,潜藏在被黑暗遮蔽的浩渺的大海里。山与海诡异地融为一体——既无声响,也无火光。

只有明灭的红色反光,摇曳着那局促起来的夜的圈子。那人映着火光坐着,双手抱膝。马在响亮地咀嚼。

一个倚着刺刀的年轻人倏地笑了起来,洁白的牙齿映成了玫瑰色,在没有胡须的脸上闪闪发光:

"我们镇上,哥萨克一打前线回来,就马上把军官们抓起来,从城市带到海边。从城里牵到码头,脖子上坠了石块,从码头推进海里。咕咚一声落进水里,一点点往下沉,全都看得清清楚楚,蓝蓝的海水,干净得就像眼泪。千真万确。我当时在场。挣扎很久才沉底,胳膊腿摆呀,摆呀,就像虾子的尾巴。"

他又笑起来,露出被火光映得微红的白牙。那人依旧在篝火前坐着,双手抱膝。夜色在明灭的红光中颤抖,黑暗中聆听的人越聚越多。

"一沉到海底,就互相抓着,浑身抽搐,揪成一团死去了。全都看得清清楚楚——真是怪啊。"

人们聆听着:从很远,很远的地方,飘来一阵悦耳的弦音,那样温柔,仿佛在向心灵诉说着什么。

"是那帮水兵!"有人说道。

"我们镇上,哥萨克把军官们装进口袋。塞到口袋里,把袋口一扎,就扔进海里了。"

"还能把人装进口袋里淹死?……"不知是谁用草原上那伤风的嗓音忧郁地说。片刻沉默。随后又阴沉地说道:"现在哪儿还能搞到口袋呢?没了口袋,什么活儿也做不了。从俄罗斯也运不来了。"

又是一片沉默。也许是因为那人依旧在篝火前坐着,双手抱膝,一动不动。

"俄罗斯有苏维埃政权。"

"在莫斯科呢!"

"哪儿有庄稼人,哪儿就有苏维埃。"

"工人们来到我们这儿,把自由带来了,在每个镇子都建立了苏维埃,叫把土地没收了。"

"带了良心来,把资本家打倒了。"

"难道不是庄稼人在当工人吗?你们看,咱们有多少人在水泥厂干活儿,还有油坊、机械厂,各个城市,各个工厂,都是咱们的人。"

不知何处传来一个微弱的声音:

"唉,妈妈……"

接着,一个婴儿哭起来。一个女人的声音哄着孩子。也许是从公路上,从那些黑压压、影影绰绰的马车上传来的。

那人分开并拢的膝盖,站起身来,半边身子仍被微红的火光照着。他拽住马鬃,给那匹垂着头的马戴上嚼子,从地上拾起剩下的草料,装进马鞍上挂着的口袋,把步枪挂到肩上,跃上马鞍,刹那间隐没在夜色中。哒哒的马蹄声久久地响着,渐行渐远,最终也消逝了。

于是又仿佛觉得黑夜散去,眼前浮现出无际的草原和一座座风磨,马蹄声从风磨跟前响起,斜长的影子追逐着他,追随了一路:

"你去哪儿?是不是疯了?……回来!……""他全家都留在那边,可儿子死在这里……"

"哎,二连!"

随即又是一片黑暗,一连串的篝火燃烧着,蜿蜒到远方去。

"去柯茹赫那儿报告去了,哥萨克的情况他全都清楚。"

"哎呀,这家伙不知道杀了他们多少人,女人孩子也不放过!"

"瞧他一身哥萨克打扮——身上的切尔克斯袍,胸前的子弹袋,头上的皮帽子。哥萨克都以为他是自己人。'哪个团的?''某某团的。'就把他放走了。碰见女人,就一刀把头砍掉。遇见小孩,就拿短剑刺死。路过城镇,就用步枪把躲在草堆和角落里的哥萨克统统射死。他们的情况,他知道得一清二楚,哪个部分,在哪儿有多少人,都会向柯茹赫报告。"

"孩子有什么罪呢?孩子还不懂事啊……"一个女人叹了口气,辛酸地用手掌托着下巴,另一只手抱着胳膊肘。

"哎,二连,你们耳朵堵住了吗!……"

躺在地上的人们不慌不忙地爬起来,伸伸懒腰,打个哈欠,这才动身。山峦上空,又撒下新的星斗。人们在饭锅旁席地而坐,开始喝稀饭。

大家都匆忙地用勺子从连队的饭锅中舀出滚烫的粥羹,每个人都争着抢着,生怕落到别人后面。吞入口里的粥仍是滚烫,在舌头和上颚之间翻滚,烫烂了舌头,烫破了皮,喉咙烫得生疼,难以下咽,可人们还是争着抢着,在热气腾腾的锅中匆忙地捞着饭食。忽然间,勺子碰到一个东西——原来捞到一块肉,于是赶忙揣进衣兜,以便稍后品尝。别的士兵用勺子搅着,斜着眼睛看过来,于是在无数艳羡而嫉恨的目光下,再次匆匆忙忙搅动起来。

十四

即便是在黑暗中,仍能感觉得到——人们成群地走着,纷乱扰攘,幢幢的白影若隐若现。传来一阵说话声,不知是由于伤风还是宿醉,这声音沙哑而激动,夹杂着极为刺耳的咒骂,随着脚步越来越近。那些持着勺子从锅里盛饭的人,都在片刻间回头张望。

"是那帮水兵。"

"一会儿也安静不下来。"

他们走到近前,立刻冲着大伙儿一顿臭骂:

"你娘的!……杵在这儿喝稀饭呢,革命都烂根了,你们还跟没事人似的……王八蛋!……资本家!……"

"你们瞎叫唤什么!……就他妈会撩嘴子!……"

大伙儿都侧目而视,他们身上挂着手枪、子弹带、手榴弹,从头到脚全副武装。

"柯茹赫要带你们去哪儿?!……想过没有?……我们闹起了革命,把整个军舰都沉到了海里,管它莫斯科怎么样。布尔什维克在那儿和威廉搞些秘密勾当,可我们,对出卖人民利益的行为从不容忍。谁不顾人民利益——就地正法!他柯茹赫是什么人?是军官。而你们——是一群绵羊。你们只管闷头往前走。唉,连犄角都没有的玩意儿!……"

火堆上架着连队黑漆漆的锅子,旁边传来一个声音:

"可你们带着群娘儿们跟在我们屁股后头。简直搬来一座窑子!"

"关你们屁事?!眼馋呐?……别狗拿耗子多管闲事,当心剁了你们。我们享受这些是理所应得。革命是谁闹起来的?是水兵。是谁被沙皇枪毙、淹死、吊死在缆绳上?是水兵。是谁从国外运回来印刷品?是水兵。资本家和神甫又是谁打的?还是水兵。你们刚把眼睫毛撕开,可水兵呢,早就在斗争中抛头颅洒热血啦。我们为革命流血,你们反倒用沙皇的刺刀来扎我们,真是岂有此理。一群王八蛋!到哪儿都是一帮废物,妈的!"

几个士兵放下木勺,抓过步枪,站了起来。刹那间一片漆黑,篝火也不知消失到何处去了。

"弟兄们,揍死他们!……"

步枪就位,随时准备射击。

水兵们一手掏出左轮手枪,一手匆忙解着炸弹。

人群中有个花白胡子的乌克兰人,整个帝国主义战争时期,他都在西线打仗,英勇无畏,沉着冷静,当上了士官。革命初期,他打死了自己连队的几个军官。这会儿,他用嘴唇抿了一口热粥,拿勺子在锅边敲打几下,抖了抖,随后擦了擦胡子。

"活像一群公鸡。咯——咯——咯——哒!你们怎么不'喔喔喔'地叫呢?"

周围的人哄笑起来。

"他们笑什么呢!"大伙儿怒气冲冲地转向白胡子老头。

向着远方蜿蜒而去的一堆堆篝火,顷刻间又变得清晰可见。

水兵们把手枪塞回枪套,把炸弹又系了回去。

"我们不跟你们一般见识,你娘的!……"

于是又纷乱扰攘地成群离去了,幢幢的白影在黑暗中若隐若现,随后隐没在夜色中,那一连串火光也渐渐消逝。

这群人走了,走时却留下了些什么。

"他们的酒一桶一桶的,多得不得了。"

"是从哥萨克那儿抢来的吧。"

"怎么是抢来的?是花钱买的。"

"他们有的是铜子儿,买多少都行。"

"他们把船上的东西抢光了。"

"把船凿沉也就算了,难道让钱也白白沉底?扔了的话,对谁有好处呢?"

"他们一到我们镇上,马上就把资本家连根铲除,铲了个一干二净。东西分给了穷人,资本家都被赶跑了,也有的被枪毙,有的在树上吊死。"

"我们那儿的神甫啊,"一个快活的声音急匆匆地响应,生怕别人打断了他的话,"刚从教堂出来,嘎嘣一声就让人毙了!神甫当下就倒在地上,在教堂旁边躺了老长时间,都发臭了,谁也不来收尸。"

这个快活的声音欢乐而匆忙地笑了起来,仿佛仍怕有人打断他的话。大伙儿也都笑起来了。

"啊,看呐,有颗星星划过去了。"

人们都侧耳聆听。从渺无人迹的地方,从无边的苍茫夜色中,飘来一个声音。也许是水花泼溅之声,也许是邈远处的神秘之音,从隐于夜色的海面上飘来。

片刻沉默。

"水兵们说得对。就拿咱们来说吧,咱们干吗在这儿游荡呢?本来自己过得好好的,每家都有粮食和牲口,可现在呢……"

"我也说句实话吧。咱们这是跟着沙俄军官找寻那违心悖时的东西呀……"

"他怎么算是军官?他跟你我是一样的人。"

"那为什么苏维埃一点忙也不帮呢?他们在莫斯科坐得稳,玩儿得欢,可他们酿的苦水,让咱们往肚里咽。"

远处,从微微燃烧着的篝火旁,传来说话声和喧哗声。声音隔了很远,显得虚无缥缈——是水兵在吵闹。他们就这样走着,从一堆篝火走向另一堆篝火,从一支部队走向另一支部队。

十五

夜色袭来。各处的篝火渐次熄灭,最后,那金链条似的火光彻底消失了,黑色的天鹅绒笼盖四野,万籁俱寂。没有一丝人声。只有马咀嚼的声音充溢了整个黑夜。

一个幽暗的人影在马车静默的黑影之间匆匆穿行,宽敞之处,就沿着路边奔跑,从睡着的人身上跃过。他身后,还有一个人跛着一只脚,吃力地追赶,黑漆漆的身形同样难以辨认。马车旁边有人惊醒,抬起头,在黑暗中目送着这飞速远去的身影。

"他们在这儿干吗呢?这是谁呀?该不会是奸细吧……"

应该起来把他们拦住,可睡意袭来,只好倒头睡下。

仍是那片漆黑的夜,仍是那样寂静,两个人跑啊,跑啊,时而跳跃,时而在狭窄的地方挤出一条路。连马也停止了咀嚼,警觉地竖起耳朵,倾听着周围的动静。

前面很远的地方,从右边,也许是从漆黑的山脚下,传来一声枪响。在这一派岑寂之中,在马咀嚼草料的安宁之声中,在荒凉的远景下,这孤零零的枪声格外突兀,久久地印在黑暗里。早就恢复了寂静,可这无声的印痕依旧如幻影般盘桓,不肯消散。两个人跑得更快了。

一声,一声,又是一声!……仍从同一个地方传来,在右侧的山脚下。纵使漆黑一片,仍能分辨出峡谷那大张着的浓黑巨口。突然间,机枪响了,声音之密集,似乎自顾不暇:哒!哒!哒!……少顷,又是寥寥几声,仿佛意犹未尽:哒……哒!

一个黑影冒出头来,接着又冒出一个。有人坐了起来。一个人慌忙爬起来,还没站稳,就开始在排列成金字塔形的步枪架中摸索自己那支。摸来摸去还是没能找到。

"喂,格里茨科,听见没!……听见了吗你!"

"别烦!"

"你听啊,哥萨克!"

"呸,狗东西……看我扇你!……必须得……扇你……"

那人晃了晃脑袋,在腰上和屁股上挠了两下,然后向铺在地上的大衣走去,躺下,挪了挪肩膀,以便躺得更舒服些。

……哒——哒——哒……

……一声!……一声!……又一声!……

须臾之间,如大头针般细弱的火星,在峡谷浓黑的巨口中纷纷闪现。

"他娘的狗东西!一会儿也不让人安静。人们刚到,累得够呛,可他们这就扑上来了!真是一群狗。叫你们肚子里不安生!该死的!打吧,有什么本事都使出来,打趴下也行,胖揍一顿也行,哪怕用牙咬,都请便。可是人家安安静静地躺着,你就别闹腾了,怎么折腾都一样,根本惊动不了我们。白白浪费枪子儿,算了吧!真不让人安生。"

不一会儿,飘来人们酣眠的呼吸,与马响亮而有节奏的咀嚼声交织在一起。

十六

跑在前边的那个人定了定神,说:"他们在哪儿?"

另一个也跑着说:"就是这儿。就是那棵树,他们在公路上。"接着喊道:"戈尔碧娜大娘!"

黑暗中传来一个声音:

"干吗?"

"你们在这儿吗?"

"在这儿呢。"

"马车呢?"

"就在这儿呢,别跑了,右拐跨了沟就是。"

黑暗中立刻传来一个女人的声音,好似斑鸠的咕咕声,顷刻间噙满泪水:

"斯捷潘!……斯捷潘!他已经没了……"

她伸出手,顺从地递给他。他接过那个包裹,小小的一团,冰冷得诡异,像肉冻似的颤颤巍巍,散发着熏人的臭气。她把头贴在他胸膛上,揪心的泪水簌簌滚落,覆而难收的眼泪,仿佛顷刻间照亮了黑夜。

083

"他已经没了！斯捷潘……"

女人们说来就来了，她们不知疲惫，也不知困倦。她们幢幢的身影在马车周围若隐若现，画着十字，不住地叹息，劝慰。

"头一回哭出声来了。"

"这才能缓一缓。"

"得把奶吸出来，要不会头晕的。"

女人们争先恐后地去摸那肿胀的乳房。

"硬得像石头。"

接着，她们画着十字，喃喃地祈祷，把嘴唇凑向她的乳头，吮吸着，祈祷着，将乳汁向三面吐出，一边继续画着十字。

黑暗中，人们在马甲子抓地而生、低矮多刺的灌木丛中挖着，挥动铁锹，将泥土撒进夜色。然后，将那团包裹着的东西放了进去。然后，将泥土填平。

"他已经不在了，斯捷潘……"

朦胧之中，一个漆黑的人影伏在黑暗里，双手抱住一棵带刺的树子，吸着鼻子，压抑地哽咽着，仿佛是在打嗝，又好似男孩子在"挤油"的游戏中发出咯咯的闷响。那只斑鸠抱着他的脖子。

"斯捷潘！……斯捷潘！……斯捷潘！……"

于是簌簌的泪水又一次照亮了黑夜：

"他不在了……没了，没了，斯捷潘！……"

十七

夜色深沉。没有火光,没有人声,只有马咀嚼的声响。后来,马也住了声。一些人躺下去。天将拂晓。

沿着静悄悄、黑漆漆的群山,营地无边无际地蔓延,沉沉的黑影绵延无声。

黑夜播撒着拂晓前那难以抗拒的困倦,唯有一个地方无法被这酣眠的夜色吞噬:沉睡的花园中,疏林之间透出一点火光,有人醒着,为大伙儿守夜。

一间很大的餐厅,装修成橡木色,墙上挂满名贵的画,都被刺穿了,扯破了。一根斑驳的蜡烛,微弱的烛光下,可以看见堆放在墙角的马鞍和排列成金字塔形的步枪。士兵以死了一般的怪异姿势倒在地上,身下铺着从窗口扯下来的昂贵窗帘和幔帐,人、马身上的浓重汗味,在四下弥漫。

机枪那细而黑的枪口在门旁虎视眈眈。

一张华丽的雕花橡木餐桌,又长又大,横在餐厅中央。柯茹赫伏在桌上,那双咄咄逼人的小眼睛盯着桌上铺着的地图。一根教堂用的蜡烛,燃得只剩下蜡烛头,上面凝结着斑斑烛泪。烛光闪烁,影子仿佛有了生命似的,在地上、墙上、人们的脸上迅疾地跳动。

副官伏着身子,仔细查看蓝色的海面和张牙舞爪的蜈蚣般的山脉。

通讯员身上挂着子弹匣,身后背着步枪,身侧带着马刀,站在一旁待命。跳动的光影使他身上的一切都仿佛在颤抖。

烛光时而静止片刻,那时,一切都不动了。

"就是这儿,"副官指着那条蜈蚣说,"这道峡谷,敌人还能从这儿攻过来。"

"这边他们突破不了,山岭很高,越不过来,他们在山那边,到不了咱们近前。"

副官把一滴滚烫的蜡油滴在自己手上。

"咱们应该先走到这个拐弯处,只要到了那儿,就没人能摸得过来。咱们得使劲儿往前走。"

"可是没吃的。"

"无所谓,停在原地,也不会天上掉馅饼。前进是唯一的出路。派人去叫指挥员了吗?"

"大家马上就到。"通讯员动了动身子,闪烁的光影立刻在脸颊上、脖颈上迅疾地颤抖起来。

唯有漆黑的夜寂然不动,透过高大的窗子,泛出愈来愈浓的黑色。

哒——哒——哒——哒……远远传来一阵枪声,在黑黢黢的山谷中回荡,夜又一次蓄满凶险。

沉重的脚步声在台阶、露台上响起,随后来到餐厅,仿佛带来了夜的凶险,或是凶险的讯息。就连闪着微光的蜡烛头也一下子明亮起来,照亮了走进屋来的指挥员。他们满身灰尘,由于疲惫、暑热和无止无休的行军,形销骨立,尽显憔悴。

"那边什么情况?"柯茹赫问。

"赶了太久的路。"

微暗的烛光勉强照着,大餐厅里一片昏暗迷蒙。

"况且他们也没衬手的家伙,"另一个指挥员用略带沙哑的、伤风般的嗓音说,"要是有大炮就好了,可只有一架驮在马背上的机枪。"

柯茹赫像石头一般僵住了,蹙起眉头,平展展的额骨朝眼窝压下去,于是所有人都明白了——问题不在于哥萨克的进攻。

大家聚集在桌旁,有的抽烟,有的嚼面包皮,还有的心不在焉,疲惫地瞅着桌上铺着的模糊不清的地图。

柯茹赫从牙缝里挤出一句话:

"都不执行命令啊。"

一时间,扑朔的光影在疲倦的脸上,在落满灰尘的脖颈上跳动。习惯了在野外发号施令的粗犷声音充斥着整个餐厅:

"一直催着赶着,士兵们累坏了……"

"我的部队现在怎么拽也起不来了……"

"我的部队刚一到,就像死人一样瘫了一地,连火都没生。"

"这样走下去不堪设想啊,用不了多久整支军队都会完蛋……"

"轻而易举的事……"

柯茹赫脸上不动声色。低低的额骨下,那双小眼睛不是在看,而是在等,在倾听。敞开的大窗里是凝滞的黑暗,黑暗后边是夜,满含着倦意,在一片仓皇忐忑中打着盹。峡谷那边已经听不到枪声。恍惚觉得,那里的黑暗更浓了。

"不管怎样,我不打算拿自己的队伍冒险!"一个团长厉声喝道,仿佛在下命令,"这些人托付给了我,我就要对他们的生命、健康和命运担负道义上的责任。"

"一点儿没错。"一个旅长说,无论是身材,还是发号施令的习惯和信心,都使他与众不同。

他原是沙俄军官,如今觉得,大显身手的时刻终于来临,在沙皇军队头目的淫威之下,他身上潜藏的全部才能都如此不合理地白白束之高阁,如今终于得以崭露头角……

"……一点儿没错。而且根本没制定出行军计划。军队部署应当完全是另一番模样——这样下去我们随时都可能被歼灭。"

"换作我的话,"一个库班骑兵队的队长,身穿紧身的切尔克斯袍,瘦削匀称,腰间斜挎着银质短剑,头上潇洒地歪戴着毛皮高帽,风风火火地开口帮腔,"要是换成我,要是我是哥萨克,立马就从峡谷里冲出来,咔嚓一下完事了!连大炮都没有,还不杀得你片甲不留。"

"总之,没有部署,也没有命令,我们算什么——草寇还是土匪?"

柯茹赫慢悠悠地说:

"我是总指挥,还是你们是总指挥?"

这话不可抹杀地印在这个大房间。柯茹赫那双小而凌厉的眼睛露着锋芒,等待着。不,他等待的不是回答。

光影又一次颤抖起来,面容、神情在明暗之中变幻。

房间里又一次响起那伤风般沙哑却分外响亮的声音:

"我们这些指挥员身上,也担负着责任,而且不比别人少。"

"就算在沙皇时代,遇到难关也会同军官商量,何况现在都革命了。"

这话背后隐藏着的意思则是:

"你这其貌不扬、又傻又土的矬子,复杂的形势你不懂,也根本搞不懂。虽说你在前线熬出个一官半职,可战场上军官缺额,一匹阉马也能升官。群众把你捧上台,可群众是盲目的……"

这些昔日的沙俄军官,眼里的每个眼神,脸上的每个表情,身上的一举一动都仿佛说着这番话。那些桶匠、木工、锡匠、剃头匠出身的指挥员则说:

"你和我们同样出身,你哪点比我们强?为什么是你,不是我们?我们比你更能张罗……"

柯茹赫听着七嘴八舌的议论,听着这些明言暗语,始终眯着眼睛,聆听着窗外的黑暗,等待着。

终于等来了。

夜色中,从很远的地方传来微弱而低沉的响声。这声音越来越大,越来越清晰。行路人的脚步声在暗影中回荡,慢慢地,声势越发浩大,低沉、笨拙地充满了黑夜。脚步声传到楼梯前立刻失掉了节奏,纷乱杂沓地登上露台,充斥着这里的空间,随后,士兵如汹涌不息的洪流,从大开着的黑黢黢的门口涌进昏暗的餐厅。涌入的人越来越多,直至充塞了整个房间。他们的样貌很难细细端详,只能感觉到来人数量之多,仿佛都是一样的面孔。指挥员聚集到餐桌铺着地图的那一头。蜡烛头吃力地闪着微光。

士兵们在薄暗之中清着嗓子,擤着鼻涕,把痰吐在地板上,用脚擦着,抽着卷烟,刺鼻的烟气在影影绰绰的人群上方无形地弥漫。

"同志们!……"

挤满了人的大房间里充斥着昏暗,充溢着寂静。

"同志们!……"

柯茹赫从牙缝中用力挤出一番话:

"你们，连代表同志，还有你们，指挥员同志，你们得清楚咱们现在所处的形势。身后的城市和码头被哥萨克占领了。留在那里的红军伤病员有两万多，这两万人全都按军官的命令，被哥萨克杀绝了。等待我们的也是同样下场。哥萨克正在袭击咱们第三队的后卫队。我们的右边是大海，左边是山。中间是一条夹缝，我们就在这夹缝里。哥萨克在山那边追赶，从峡谷突围过来，我们随时都要准备抵抗。在我们走到山岭从海边转弯的地方之前，他们随时可能这样袭击。而拐弯处山很高，地势开阔，哥萨克就到不了咱们近前。咱们沿海岸到图阿普谢，距离这儿三百俄里。那边有条翻山公路，顺着这条公路翻过山岭，就又到了库班，那里有咱们的主力部队，咱们就得救了。应当全力以赴地赶路。咱们的军粮只够撑五天，稍有耽搁大家都会饿死。应当走，走，走，不，是跑，快步地跑，不睡，不喝，也不吃，只有拼命地跑，才能得救。谁敢拦路，咱们就杀出一条路来！……"

说完，他便沉默了，对谁都漠不关心。

拥挤的房间遍布残烛最后的光影，一片寂静。漆黑的窗外那庞大的夜色中，无声无形的浩瀚的大海上空，也笼罩着同样的寂静。

上百只眼睛光芒闪烁，照在柯茹赫身上。这光芒在黑暗中隐于无形，却依旧感觉得到。于是发白的唾沫星又从他紧咬的牙关中微微喷溅出来。

"路上没有粮草，得跑步前进，跑到通向平原的出口。"

他又不作声了，垂下眼睛，继而咬着牙关说道：

"再选一名总指挥吧，我交出指挥权。"

蜡烛头燃尽了，黑暗均匀地笼罩下来。只剩一片凝滞的寂静。

"没别的蜡烛了吗？"

"有。"副官说着,划亮一根火柴。火柴燃起来的时候,就显露出上百只眼睛,全都寂然不动,目不转睛地盯着柯茹赫;火光熄了,一切都在刹那间沉入黑暗。终于,点起一根纤细的蜡烛,于是一切都仿佛挣脱了束缚,人们说了起来,动了起来,又开始清着嗓子,擤着鼻涕,吐着痰,用脚底擦着,你看我,我看你。

"柯茹赫同志,"旅长用一种仿佛从不发号布令的声音说,"一路上如何艰难,如何困难重重,我们都明白。后退是死,可要是再耽搁下去,前进同样必死无疑。必须以最快的速度前进。论精力,论才智,只有您能带部队脱险。我希望,咱们每个同志也持同样的意见。"

"没错!……对!……拜托了!……"全体指挥员都急忙响应。

昏暗之中,士兵们上百只光芒闪烁的眼睛牢牢盯着柯茹赫。

"您怎么能放弃指挥呢,"骑兵队长说着,霸道地把毛皮帽子往后脑勺一推,几乎把它推了下去,"既然是大伙儿把您选出来的。"

士兵们默不作声,光芒闪烁的眼睛依旧望着。

柯茹赫依旧压着眉头,针锋相对地望了回去。

"很好,同志们。我提一个必需的条件,大家签字:一切命令必须执行,稍有违抗,一律枪决。请签字吧。"

"既然这样,我们……"

"何必呢?……"

"签字有何不可……"

"可我们一直都……"指挥员你一言,我一语,犹豫不决。

"兄弟们!"柯茹赫咬紧了坚硬如铁的牙关,说道,"兄弟们,你们怎么看?"

"死!"上百个声音骤然轰响。这声音餐厅已容纳不下,于是从敞开的窗口飞了出去,在黑漆漆的窗外回荡,只不过那里没人听到。

"枪毙! ……他奶奶的……不执行命令,难道还能饶了他?……揍死他!"

仿佛桶箍绷断了一般,士兵们又一次躁动起来,转着身子,你看我,我看你,摆着手,擤着鼻涕,你推我搡,匆匆把烟吸完,用脚底把烟头踩灭。

柯茹赫牙关紧咬,把话硬生生往对方脑袋里塞:

"每个违反纪律的人,不管是指挥员,还是士兵,一律枪决。"

"枪决!……枪毙这帮兔崽子,管他是指挥员还是士兵,下场都一样!……"大餐厅里再次掀起群情激奋的呐喊,房间再次显得拥挤不堪——众人的声音这里已容纳不下,于是冲出窗子,飞进了夜色。

"很好。伊万卡同志,写在纸上,让指挥员签字吧:稍有违抗命令或有异议者,格杀勿论。"

副官从衣兜里掏出一块小纸片,勉强凑在蜡烛头旁边,写了起来。

"同志们,你们归队吧。到连队把命令传达下去:这是铁的纪律,任何人也不能姑息……"

士兵们挤作一团,推推搡搡,抽完了烟,就拥到露台上,花园里,声音越来越远。接着,黑夜活跃起来。

大海上空浮出一抹亮白。

指挥员顿时觉得如释重负,仿佛吃了定心丸,一切都变得简单明了,准确无误。他们彼此开着玩笑,嬉笑着,鱼贯走上前去,在死亡判决书上签字。

柯茹赫依旧压低了平展展的眉头,简要地下达命令,仿佛眼前发生的一切与他肩负的重任毫不相干。

"沃斯特罗金同志,你带连队去……"

一阵疾驰的马蹄声传来,在露台下停住了。大概是在拴马,马打着响鼻,身子抖动的声音清晰可闻,马镫哗啦直响。

明灭迷离的昏暗之中,出现一个戴着毛皮高帽的库班人。

"柯茹赫同志,"他说,"第二队和第三队在后边宿营了,离这儿十俄里远。指挥员下令说让你们等一等,等他们部队赶上来一起走……"

柯茹赫的脸如磐石般不动声色,盯着他说:

"还有什么?"

"水兵成群结队地在士兵和辎重之间游说,大吵大闹,挑唆大家不听指挥,还怂恿士兵自己指挥,还说,要把柯茹赫杀了……"

"还有呢?"

"峡谷里的哥萨克被打退了。咱们的狙击手在峡谷一带上了山,把他们赶到另一边去了,现在安生了。咱们的人伤了三个,死了一个。"

柯茹赫沉默了一会儿。

"好。去吧。"

餐厅里,人脸和墙壁的轮廓越来越清晰。画框中,妙笔挥就的一抹碧海在曙色中闪着微光,而真正的大海,也在窗框里映出一点微波荡漾的奇妙的蓝色。

"指挥员同志们,一小时后,各部队一齐开拔。以最快速度行进。只有喝水和饮马的时候才能停下。每道山谷都派一队狙击手,带上机枪。不能让任何一部分掉队。要特别注意,不能招惹平民百姓。各部队的情况要随时骑马向我汇报!……"

"是!"指挥员大声应道。

"沃斯特罗金同志,您带自己的连队去后方,把水兵切断,不准他们跟着咱们,让他们跟别的部队走吧。"

"明白。"

"带上机枪,必要时向他们扫射。"

"明白。"

指挥员成群结队地向门口走去。

柯茹赫开始向副官口授命令,告诉他谁该彻底免职,谁该调任,谁该委以重任。

然后,副官将地图折起来,与柯茹赫一同出去了。

空荡荡的大房间里,唾脏的地板上遍布烟头,被遗忘的蜡烛头红光摇曳,一片寂静。人群散去后留下浊重的气息。灯烛下方的木板已经开始发黑,蜷曲,微微冒起了烟。屋内已没有步枪,也没有马鞍了。

敞开的门外,拂晓的海面浮起一层薄薄的、微蓝的烟霭。

沿着海岸,沿着山峦,前前后后,从很远的地方,鼓声如爆豆般撒下,唤醒沉睡的人们。不知何处吹起军号,仿佛一群黄铜天鹅怪异地发出嘎嘎长鸣,黄铜之声在山峦和峡谷上空回荡,沿着海岸飘散,最后消逝在海面上,因为大海是那样辽阔,无边无涯。刚刚离开的那座美丽山庄,上空升起一个巨大的烟柱——被遗忘的那截蜡烛头没有错失燃烧的良机。

十八

跟着柯茹赫部队的第二队和第三队远远落在了后面。酷暑炎炎,鞍马劳顿,谁也不想全力以赴。晚上早早就宿营,早上迟迟才动身。大路上,先头部队与后卫队之间的那段白晃晃的空当越来越宽。

停下宿营的时候,营地以同样绵长的姿态在山与海之间蔓延,沿着公路蜿蜒数俄里。人们同样满身灰尘,疲惫不堪,饱受暑热的折磨,可一旦熬到休息的那一刻,便兴高采烈地燃起篝火。四处飘来欢声笑语和手风琴的旋律,人们唱起亲切的乌克兰民歌,时而情意绵绵,扣人心弦,时而似怒火,如雷霆,就像这个民族的历史。

被第一队驱逐出来的水兵同样在一个个火堆之间游逛,身上挂着炸弹和手枪,满口粗话:

"你们是绵羊吗?你们跟的是谁?是在沙皇军队戴过金肩章的人。柯茹赫是什么人?给沙皇卖过命吗?他给沙皇卖命,可现在又投靠了布尔什维克。你们知道这些布尔什维克是什么人吗?他们被装进打了铅封的车厢里,从德国运到这儿来,是来当密探的。可俄罗斯有一帮傻瓜,跟在他们屁股后头,一哄而起,就像发酵桶里的面团。你们知不知道,他们和威廉皇帝签了秘密协议?啊,真是一群傻绵羊!俄罗斯会葬送在你们手里,整个民族都会被你们断送。可我们不这样,我们是社会主义革命者,从来不任别人摆布:布尔什维克政府从莫斯科给我们下令,让我们把军舰交给德国人。可我们,把它凿沉了,想要?没门儿!呸,想得倒美……你们啊你们,简直是一帮流氓、畜生,什么也不懂,就知道闷着头往前走。他们可是签订了秘密协议。布尔什维克把俄罗斯出卖了,连心肝杂碎都卖给了德皇。他们从德国得了整整一火车金子。你们这群赖皮王八蛋,妈的!"

"瞎叫唤什么,疯狗似的!滚你妈的蛋……"

士兵们骂了回去,可水兵们一走,就着了他们的道:

"怎么着,是真的假不了……这帮家伙虽然嘴上没把门儿的,可他们说真话。为什么布尔什维克不帮咱们?哥萨克打过来的时候,莫斯科怎么不出面支援?因为他们只顾自己。"

在峡谷那即使是暗夜也无法吞噬的黑色中,同样有枪声响起,火花在各处闪现,又瞬间消失,机枪哒哒地响了一阵儿,营地那庞大的身躯缓缓沉入了寂静与安宁。

同样是一座空荡荡的别墅,露台朝向隐没在夜色中的大海,这里聚集着另外两队的指挥员。等骑手从村庄找到硬脂蜡烛,快马加鞭地带回来,会议这才开始。餐桌上同样铺着地图,镶花地板上遍布烟头,墙上挂着的名贵画作也都刺穿了,扯破了。

斯摩洛库洛夫身材高大,蓄着黑胡子,性情温和,浑身是劲儿,却不知往何处使。此时他穿着白色海军服,正叉开双腿坐着,守着一杯茶,小口地呷着。各部队的指挥员聚集在周围。

他们吸着烟,朝四处掷着烟头,又用脚踩灭,看样子正无所适从,不知从何下手。

同样,每一位与会者都认为自己肩负着拯救大众的使命,只有自己才能带他们脱险。

可是去哪儿呢?

形势扑朔迷离,前途未卜。前方等待着的是什么?人们只知道,身后是死路一条。

"我们必须选出一位总指挥,率领这三支队伍。"一名指挥员说。

"对!……没错!"人们哄然应和。

每个人都想说:"毫无疑问,应该选我。"但这话没法说出口。

大家都这么想,于是都沉默了,谁也不看谁,只管抽烟。

"当然了,到头来,还是得做点什么,得选出一个人来。我提议选斯摩洛库洛夫。"

"选斯摩洛库洛夫!……斯摩洛库洛夫!……"

一片混沌之中仿佛突然有了出路。每个人都在想:"斯摩洛库洛夫是一位出色的同志,是个爽快人,忠于革命,奋不顾身。他那大嗓门,一俄里外都能听见,在大会上吼几句确实好得很,不过换作这件事,那可就要了命,到时候……到时候当然会向我求助……"

于是人们又齐声喊起来:

"选斯摩洛库洛夫!……选斯摩洛库洛夫!……"

斯摩洛库洛夫心慌意乱地把两只大手一摊,说:

"可我,怎么说呢……我……你们也都知道,海上才是我的天下,在海上,就算是无畏战舰我也能把它打翻,可这是旱地啊。"

"斯摩洛库洛夫!……斯摩洛库洛夫!……"

"这怎么好呢,我……好吧……我接手,不过你们得帮帮我,兄弟们呐,要不然,我光杆儿一个怎么对付得了……唉,好吧。明天开拔,写命令吧。"

大家都清楚得很,这命令不管写与不写,都只能继续往前挪,此外别无他法,总不能留在原地,更不能后退去哥萨克那儿找死。大家也都明白,就连他们也毫无办法。除非等着斯摩洛库洛夫把事情弄个一团糟,自己给自己使绊子。不过话说回来,哪还有绊子可使呢?只能跟在柯茹赫部队后面,就这么拖吧,拖吧。

于是有人说:"应当给柯茹赫传一道命令,说新指挥已经选出来了。"

"他无所谓吧,他自己管自己的。"周围哄嚷起来。

斯摩洛库洛夫用拳头在桌上猛捶了一下,地图下方的桌板震得直响。

"我叫他服从,他就得服从!他带着自己的部队往城里走,无耻地逃跑了。他本该留下来抵抗,应该光荣地战死。"

大家都看着他。他站起身,挺起魁梧的身躯。不只是他说的话,单凭这孔武的身形和伸展着的英武的手臂,就足以令人信服。人们瞬间感到有了出路:错的是柯茹赫。他只顾往前跑,不给任何人崭露头角、一显身手的机会,因此一切矛头都应当对准柯茹赫,一切注意力都应当集中起来与他斗争。

工作热火朝天地开展起来。通讯员连夜骑马向柯茹赫处疾驰而去。成立了司令部。还搞来一台打字机,成立了办公室,打字机响了起来。

打字机敲出一封《告士兵书》,旨在训练和组织军队:

"士兵们,我们要不畏敌人……"

"请记住,同志们,咱们的部队不怕艰难险阻……"

《告士兵书》印得越来越多,步兵连和骑兵连纷纷传阅。士兵们一动不动地听着,目不转睛。后来,要想弄到一份《告士兵书》就得花费吃奶的力气,使尽阴谋诡计,有时还得打上一架。一旦到手,便铺在膝头,卷成狗腿样子的烟卷,点起来抽了。

柯茹赫也收到了同样的命令,可他照旧每天走着,越走越远,荒无人迹的公路上,队伍之间那段空荡荡的距离越来越大。这让他们很是气愤。

"斯摩洛库洛夫同志,柯茹赫把您看得一钱不值,只顾一个劲儿往前窜,"指挥员们说,"对您的命令不闻不问。"

"可你们能拿他怎么办,"斯摩洛库洛夫憨厚地笑着,"我嘛,我在旱地上玩儿不转,海上才是我的天下……"

"可您是军队总指挥,大家把您选出来,他柯茹赫也得向您低头。"

斯摩洛库洛夫沉吟片刻,随后,愤怒逐渐袭上整个魁梧的身躯:

"好,我要免他的职!……我要罢免他!……"

"咱们干吗要跟在他屁股后头!咱们必须自己制定出计划,属于咱们自己的计划。他想沿海岸走到那条翻山公路,从海边翻过山去,到库班草原一带,可咱们现在就翻山,从这儿穿过多菲诺夫卡,那边有条翻山的旧路,比这近得多。"

"立刻给柯茹赫下令,"斯摩洛库洛夫喝道,"叫他的部队原地不动,叫他立刻亲自到这儿开会!部队要从这儿翻山。要是他不停下,我就命令炮兵把他的部队炸平。"

柯茹赫没来,走得越来越远,已经追不上了。

斯摩洛库洛夫命令部队调头,向山区进发。他的参谋长在陆军大学待过,这时估计了一下形势,找准指挥员不在场的机会——斯摩洛库洛夫极其顽固,当着指挥员的面准会大发雷霆——小心谨慎地说道:

"如果我们从这儿翻越山岭，这一带难以通行，就得丢下全部辎重和难民，最关键的是，所有大炮都得丢下。这里是山路，不是大道。柯茹赫做得对，他们的目的地是翻山公路。如果没了大炮，咱们徒手对付不了哥萨克，况且还会被各个击破，一方消灭柯茹赫，一方消灭咱们。"

尽管这很明显，但具有说服力的并不是这危机形势。有说服力的是参谋长对斯摩洛库洛夫说话时那谨慎的态度和殷勤的语气，是参谋长背后的陆军大学和他并不借此自命不凡的心态。

"下令继续沿公路前进。"斯摩洛库洛夫皱着眉头说。

于是，士兵、难民、辎重又成群结队，吵吵嚷嚷，混乱不堪，如洪流般奔涌而去。

十九

　　柯茹赫部队在夜色中宿营,一如既往,欢声笑语取代了睡眠和歇息,飘来巴拉莱卡、手风琴的乐声,还有姑娘们的笑声。有时,和谐动听的歌声四下飘散,充满青春的张力,意韵悠远,境界开阔,充溢着夜色,使黑夜也变得生机勃勃。

　　　　山峦似的波涛啊
　　　　在蔚蓝的大海中咆哮,呜咽……
　　　　哥萨克的女子啊
　　　　在土耳其的奴役下哭泣,悲愁……

　　歌声抑扬顿挫。大海是否也被这年轻的声音掀起了波涛,在歌声中有节奏地起伏跌宕?这漆黑的夜色不也浸满了悲伤——哥萨克女子的哀伤,青年人的叹息?歌里唱的不正是他们吗?不正是他们从军官、将军、资本家的桎梏中冲出来,为自由而战?不正是这悲哀在黑夜中四溢,这紧张而灵动的夜色不也是悲喜交加?

在蓝悠悠的大海里……

而大海就在这里,在下方,在脚下,可它缄默不语,隐于无形。

群山的轮廓染上一层薄薄的金色,与这悲欢融为一体。犬牙交错的峰峦镀上淡淡的金晖,巍然的山影从而显得更漆黑,更悲怆了。

后来,一道狭长的月光越过山鞍、裂罅和峡谷,如烟霭般弥漫过来,周围林木、山岩、峰峦的阴影变得更黑,更浓,更加悲凉,更加沉郁。

月亮从山后升起,无遮无拦地俯视着大地,于是世界成了另一番模样,小伙子们也停止了歌唱。这时可以看见,石块上,倾颓的树干上,山岩上,都坐着小伙子和年轻姑娘。岩下是大海。简直不忍望向这大海——茫茫的海面泛着无边无际的涟漪,微波间荡漾着冰冷的、溶溶的金色。真是夺目。

"好像有谁在呼吸似的。"有人说。

"看来一切都是上帝的安排。"

"为什么会这样呢?一直走,就能到罗马尼亚,不然就到敖德萨,再不然就到塞瓦斯托波尔,把指南针往哪儿拨,就能到哪儿去。"

"而我们呢,兄弟们,在土耳其前线,一打仗,就有神甫冒出来祷告。可不管怎么祈祷,咱们兄弟的尸首都堆得和山头一样高。"

烟霭一般的幽蓝月光,越发汹涌地倾泻而下,在陡坡上蔓延,在阶地上流溢,时而照亮山岩白色的棱角,时而栖落在如手臂般伸展着的枝丫上,时而洒在被裂罅侵蚀了的断岩上。一切都那样清晰、澄明,有了生机。

公路上一片喧闹,传来说话声、脚步声,还有诅咒、谩骂——低沉而粗野的骂声。

大家抬起头,转头张望……

"什么人?哪儿来的王八蛋在那儿骂骂咧咧!"

"还不是那帮水兵,找没意思呢。"

一大群水兵乱哄哄地走着,时而被月光洒满,时而被黑影吞没,粗野的谩骂仿佛一团浊气熏人的烟雾,在头顶上飘过,令人窒息。于是变得无聊起来。小伙子和姑娘们感到倦意袭来,伸着懒腰,打着哈欠,准备散去了。

"该睡觉了。"

水兵们嚷着,闹着,骂着,走向一块岩石嶙峋的阶地。一辆马车停在朦胧的月影中,上面睡着柯茹赫。

"你们往哪儿走?!"两名哨兵用步枪拦住去路。

"总指挥在哪儿?"

柯茹赫已经坐起身来,马车上方,野狼般的眼睛在黑暗中闪着光。哨兵端起枪:

"我们要开枪了!"

"你们有什么事?"传来柯茹赫的声音。

"我们总算找到您了,总指挥。我们的给养用光了。我们怎么办,活活饿死吗?!我们有五千人。一辈子都贡献给革命了,现在想叫我们饿死!"

柯茹赫立在黑影中,人们看不清他的脸,然而都看见了野狼般的眼睛里燃着的两点火光。

"你们加入部队,就给你们发枪支和给养。我们的给养也快用完了。除了扛枪的士兵,我们谁也养不活。不这样就没法突围。就连士兵们的口粮也都减了量。"

"我们不是士兵吗?您这么折腾我们算怎么回事?该怎么做,

我们自己心里清楚。该出手的时候一点也不弱。论打仗，比你们强。轮不到您来教训我们，别教训老革命。我们推翻沙皇宝座的时候，您在哪儿来着？您在沙皇军队里当军官呢。现在我们把一切都献给了革命，却要活活饿死，还真是谁拿枪杆子，谁就说了算呐！睁眼看看，我们的人在城里死了一千五百多号，把军官们都活埋了，可……"

"可死的是那些人，你们呢，在这儿和婆娘们鬼混……"

水兵们像发狂的野牛般咆哮起来：

"是想让我们的士兵丢人现眼吗！……"

他们咆哮着，在哨兵跟前挥着手臂，可这一切都瞒不过那双野狼般的眼睛。它们看见了，一切都看得分明：这里在咆哮，在挥着手臂，可旁边，人影一个接一个地从两侧、从后方溜过来，在迷蒙的蓝色月光里弓着身子，边跑，边从身上解下炸弹。马车已被团团围住，突然间，这些人从四面八方冲了上来。

就在这一刹那：哒——哒——哒——哒……

机枪在马车上喷出火舌。在条条阴影和斑驳的朦胧月光交织而成的夜色里，这架机枪对这双野兽般的眼睛格外驯顺。没有一颗子弹打到身上，只掀起一阵可怕的狂风，掀动了水兵的大檐帽。他们四散奔逃。

"简直是魔鬼！……好身手！……就算是机枪手也……"

营地被如烟的月光笼罩着，在辽阔的大地上酣眠。烟雾迷蒙的群山也在沉睡。月光铺成一条颤抖的小路，荡漾着，穿越了整个汪洋。

二十

天还没亮,先头部队就已经拉出去很远,在公路上蠕动。

右侧依旧是辽阔的蔚蓝色大海,左侧的山林郁郁葱葱,层峦叠嶂,顶上则是光秃秃的山岩。

越发灼热的暑气从石岭后面涌出来。公路上依旧烟尘滚滚。千千万万只苍蝇成群地跟着人和家畜,纠缠不休。这群来自家乡的库班草原的苍蝇,忠心耿耿地陪伴着离家出逃的人们,与他们一同过夜,朝霞初升,便又一同启程。

烟尘滚滚的公路如一条弯曲的白蛇,在林莽之中蜿蜒。万籁俱寂。阴影寒气森森。林木缝隙之中露出块块岩石。离公路几步远的地方,就已寸步难行——那是一片无法通行的密林,一切都被蛇麻草和野藤缠绕着。马甲子扎煞着的巨大尖刺,还有那些闻所未闻的灌木,满身钩刺,张牙舞爪。这是熊、野猫、山羊和鹿的巢穴,夜间还有猞猁发出猫一般的刺耳尖叫。方圆几百俄里荒无人烟。至于哥萨克,早就抛在了脑后。

以前,切尔克斯人曾在山中散居。曲折的小径在峡谷和林间蜿蜒。偶尔可以看见岩下散落着谷粒般大小的石屋,泛着灰色。

有时还能遇见原始森林中小块的玉米田，或是峡谷中坐落在水边的精致的小花园。

大约七十年前，沙皇政府将切尔克斯人驱逐到土耳其。从那时起，山中的小径便杂草丛生，切尔克斯人的花园也日渐荒芜，方圆几百里都成了颗粒无收的荒山和野兽的巢穴。

小伙子们的裤带勒得越来越紧，休息时发的口粮也缩减得越发厉害。

辎重车慢吞吞地爬，伤员扶着马车，吃力地挪着步子，孩子们晃着小脑袋，炮兵连的瘦马身上套索紧绷，拖着仅有的那门大炮。

公路如顽皮的九曲连环，曲曲折折地盘旋着，通向山下的大海。而阳光铺成一条大路，荡漾在无边的蔚蓝之中，光芒流溢，望之炫目。

难以察觉的水波如水晶玻璃般透明，捉摸不定地从远方涌来，温润地冲洗着遍布海滩的鹅卵石。

庞大的队伍在公路上蠕动，一刻不停。姑娘、小伙儿、孩童、伤员，一有机会就纷纷跑下坡，在岸边拽下身上的破衣烂衫，把步枪匆匆架起，一路小跑，跳进蓝莹莹的海水。水花飞溅，闪闪发光，仿佛绚烂的彩虹。一时间，笑声、叫声、喊声、惊叹声、活泼喧闹的人声，如灿烂的阳光喷薄而出，海岸上一片勃勃生机。

大海沉静下来，如一只庞然巨兽，用亲切而智慧的波纹，温柔地舔舐着生机勃勃的海岸，透过飞溅的水花和欢声笑语，爱抚着那些欢跳着的、微微泛着黄色的活跃身躯。

队伍慢吞吞地爬着，爬着。

有些人从水中跳出来，抓着裤子、衣裙和步枪，奔跑着，把熏人的衣服夹在腋下，水珠如珍珠一般在晒得黝黑的身躯上颤抖。追上自己人，就在路边，在快活的哄笑和善意的玩笑声中，把汗津津的破衣烂衫套在身上。

另一些人急切地往坡下跑,边跑边脱掉衣服,扑向那片欢声笑语,扑向飞溅的水花和闪烁的光芒。这头沉静下来的巨兽,用同样透明的、古老而汹涌的波纹,温柔地舔舐他们的身躯。

而队伍慢吞吞地爬着,爬着。

当地村子里的别墅和小房屋,泛出星星点点的白色,疏落地散布在空旷的海岸,孤零零地散落在公路旁。一切都蜷缩成狭长的白色条带——这条路是穿越森林、岩石、峡谷和海崖的唯一途径。

小伙子们连忙跑向别墅,翻了个底朝天——这些别墅空无一人,早就荒寂了。

村子里住着些褐色皮肤的希腊人,大鼻子,眼睛好像黑李子,看上去缄默而孤僻,一语不发地含着敌意。

"没有面包……没有……自己都还挨饿……"

他们不知道这些士兵是什么人,从哪儿来,到哪儿去,为何赶路。他们不闻不问,只是缄默地含着敌意。

大伙儿搜寻了一番——确实没有。可从脸色看,大概是藏起来了。由于这些人并非自己人,而是希腊人,便把所有的山羊如数牵走,不管黑眼睛的希腊女人如何叫喊都无济于事。

前方群山退却,出现一片开阔的峡谷。这里有一个俄罗斯村庄,天晓得他们是如何迁到这里的。谷底,一条闪闪发光的小溪蜿蜒流过。农舍。牲口。山坡上有一块收割了的庄稼地,残梗一片金黄——看来还种着小麦。是自己人,波尔塔瓦人,还说着咱们的家乡话。

村里人倾尽所能,把面包、黍米贡献出来,纷纷询问部队到哪儿去,去做什么。他们只听说沙皇被推翻了,来了布尔什维克,事情的原委却不清楚。小伙子们给他们全都讲了一遍,然后——虽说可怜,唉,可终归是自己人,于是把所有的鸡、鸭、鹅如数捉走,不管女人们怎样哭号,都于事无补。

部队络绎不绝地从旁边走过。

"真想吃东西啊。"小伙子们说着,将裤带勒得更紧了。

骑兵连在别墅之间乱窜,翻箱倒柜,在最后一栋别墅里翻出一台留声机和一大堆唱片。东西系在了一个空马鞍上,于是歌声在山石间,在寂静的山林中和白色的尘雾里响起来:

……跳——蚤哇……啊——啊!……跳——蚤……

不知是谁的粗糙嗓音,就这样似人非人地唱着。

大伙儿迈着步子,像杀猪似的大笑起来。

"哟,再来一个!再放一个跳蚤!"

接下来,依次播放:"我可要去那小溪边……""不要引诱……""世间人有千万种……"

有一张唱片唱的是:"上帝,保佑沙皇……"

周围便开始起哄……

"去他妈的上帝!……"

"叫他滚蛋……!"

这张唱片被扯了下来,扔在公路上,扔在无数行人的脚下。

从这时起,留声机便一刻不得安宁,从清晨到深夜,一直用沙哑的声音声嘶力竭地唱着,唱浪漫曲,唱歌谣,唱歌剧。它在队伍间依次传递,从一个骑兵连传到另一个骑兵连,从一个步兵连传到另一个步兵连,谁想多占一会儿,就免不了一场恶斗。

留声机竟成了大家共同的宠儿,人们对它,就像对待活人一般。

二十一

顺着公路边沿,迎面驶来一人一马,一个库班人在马鞍上微微俯着身子,毛皮帽子推到后脑勺上,冲着队伍喊道:

"头儿在哪儿?"

他脸上汗津津的,马的两肋也重重地淋着汗水。

山林上空的云朵聚成大而圆的团块,闪着耀眼的白光,俯瞰着公路。

"看样子有雷雨。"

先头部队在公路拐弯处停住了。步兵的队伍挤在一处,刹住脚步;辎重车也停了,撞到前方马车的尾巴,马扬起头来。

"怎么回事?!离休息还早呢。"

飞驰而来的库班人那汗津津的脸,急急喘着粗气的马,以及这突如其来的暂停,在人们心中激起惶恐和不安。前面很远的地方隐约传来枪声,继而又沉寂了,然而这立刻给所有人带来了不祥的预感。枪声印在骤然降临的寂静中,无法抹去。

留声机停止了歌唱。柯茹赫坐着马车,朝先头部队的方向匆匆赶去。过了一会儿,骑兵从那边奔过来,粗野地咒骂着,挡住去路。

"回去!……不然就开枪了!……让你们全都在这儿丧命!……"

"……告诉你们吧……那边马上就开火,你们还一个劲儿往前窜。没命令再乱动的话,柯茹赫就下令对你们开枪。"

人们立刻着了慌。老幼妇孺,一片哭喊。

"我们能去哪儿呢?!你们干吗要撵我们,我们怎么办?我们也跟你们去。就算是死,也死在一块儿。"

可骑兵不为所动。

"柯茹赫下了令,叫你们和士兵之间保持五俄里的距离,不然会妨碍作战。"

"可难道我们不是你们的人吗?我的伊凡也在那儿呢。"

"还有我的米基塔。"

"我的奥帕纳斯。"

"你们走了,让我们留下,是要丢下我们了吧。"

"你们是用屁股想事情吗?跟你们说清楚了:仗是为你们打的。一旦扫清道路,你们马上就能跟我们走。可现在只会碍事,马上要开火了。"

目力所及之处,都是挤挤挨挨的马车。步行者和伤员挤成一团,女人的哭号在四周回荡。辎重车愣在原地,将几十里的公路塞得水泄不通。苍蝇兴奋起来,黑压压、密密麻麻地停在马的后背、肚子、脖颈上,又将孩子们团团围住。马徒劳地甩着头,抬起蹄子在肚子下面踢。透过树叶的缝隙,可以看见蔚蓝的海。然而,人们眼里只有被骑兵阻挡的那一小段公路,骑兵身后是一群年轻士兵,是自家的小伙子在扛枪,那么熟悉,那么亲近。有的坐着,有的用宽草叶卷起干草当烟吸。

说着动了起来，懒洋洋地站起身，出发了，公路越来越宽阔。尘埃正落寞地沉下来，这条逐渐宽阔起来的大路，潜藏着凶险与不幸。

骑兵们真是铁石心肠。过去了一小时，两小时。前方，空旷的大路一片伤心色，苍白得如同死了一般。女人们眼睛红肿，声嘶力竭地哭诉。林木间透出大海斑驳的蔚蓝，云朵从山林后面涌出，眺望着海面。

不知何处迸发出一声强劲浑圆的炮响，接着是第二声，第三声。一时间排炮齐鸣，以劈山震岳之势在山林峡谷间轰响。死气沉沉的机枪冷漠地喷射出细碎的子弹。

骑兵拼命挥起马鞭，朝马匹没头没脑地抽下去。马飞奔起来，骑兵疯了似的骂着，左右开弓地挥着鞭子，用尽全力抽在马脸上、眼睛上、耳朵上。马吐着气，摆着头，大张着血淋淋的鼻孔，凸起圆眼睛，在车杆上挣扎，扬起前蹄，一顿乱踢。其他车上的人从后面跑上来，疯了似的呼号，持了几十把鞭子；孩子们像挨了刀一般尖叫，用树枝抽打马腿和马肚子，拼命下狠手；女人们歇斯底里地喊着，用尽全力拉着缰绳，伤员用拐杖抽打马的两肋。

马发了疯，疯狂地冲撞，踩踏，踢翻了东西，冲散了骑兵，从残破的笼头里冲出来，惶恐地打着响鼻，伸长脖颈，竖着耳朵，在公路上狂奔。男人们跳上马车，伤员们攀住车栏，一路奔跑，有的摔了下来，拖在地上，甩在后面，滚进路边的沟渠。

车轮在滚滚烟尘中隆隆作响，车上挂着的铁桶发出刺耳的叮当声，混沌之中，一片绝望的哀号。透过枝叶的缝隙，大海闪烁着蔚蓝的光。

步兵队赶上来的时候，这才停下来，慢慢前行。

发生了什么，谁都一无所知。有人说，前边拦路的是哥萨克。

可哥萨克不可能出现——高山早就把他们挡在了身后。还有人说，好像是切尔克斯人，要么就是卡尔梅克人、格鲁吉亚人，也可能是些不知名的民族，兵力强得不可估量。于是，难民的马车赖在军队后面，跟得更紧了，怎么也甩不掉——难不成要把他们杀得一个不留？

管他是哥萨克人，还是格鲁吉亚、切尔克斯、卡尔梅克人，总归要活得逍遥。于是马背上的留声机又唱了起来：

　　静下来吧，情海的波涛……

周围的小伙子们也都唱起来。人们在公路上随心所欲地走。有的从路边爬上山坡，身上最后几丝破布条被树枝、钩刺扯得稀烂，只为寻找那酸得要命的小野苹果，皱着眉头，面容扭曲得活像一头山兽，龇牙咧嘴地把酸水往肚里咽。有的去橡树下边拾橡子，大口地嚼着，满嘴苦涩，口水淌成了河。后来，人们又从森林里钻出来，衣不蔽体，皮肉划得血淋淋，只剩下几条破布遮羞。

女人、姑娘、孩子，一股脑钻到林子里去了。一片喊声、笑声、哭号声——棘刺划破了身子，钩刺挂烂了衣服，又被野藤紧紧缠住，进退不得，可饥饿不饶人，只能继续往山林里钻。

有时山势开阔起来，山坡上出现一小块玉米田，还未成熟的玉米刚刚泛出金色——海崖下方瑟缩着一个小村庄。人们像蝗虫一般，瞬间将田地遮住。士兵们扯下玉米穗，然后在路上一边走，一边用手掌搓下生玉米粒，扔到嘴里，贪婪地嚼上半天。

母亲们剥下一把玉米粒，也久久地咀嚼着，然而并不咽到肚里，而是用温暖的舌头把嚼烂的玉米糊糊送进孩子们的小嘴。

前方又响起了枪声，机枪又扫射起来，但这一回谁也不在意——已经习以为常。慢慢又恢复了宁静。留声机用鸟鸣一般的声音唱着：

可我啊……不相——信你的表——白……

人们在森林里你呼我应，笑声朗朗，四面八方传来士兵的歌声。难民的辎重混进了步兵的队尾，一同走向那无尽的尘埃，沿着公路一刻不停地奔流而去。

二十二

第一次被敌人拦住了去路。是新的一拨敌人。

为什么？他们想干什么？

柯茹赫明白，这里是要塞。左边是山，右边是海，中间是狭窄的公路。顺着公路，泡沫飞溅的山溪之上是一架铁路桥——除了它别无通路。敌人在桥头架起机枪大炮。在钢筋铁架交织而成的桥洞里，神兵天将都能被当头拦下。唉，若是能把队形展开就好了！若是在草原上该多好！

斯摩洛库洛夫的命令到了，教他如何抗敌。他的脸黄得像颗柠檬，牙关紧咬，把命令揉成一团，看都不看就扔在了公路上。士兵们爱惜地把它拾起，铺在膝头，撒上干叶子，卷起来当烟抽。

队伍沿着公路拖得长长的。柯茹赫看着他们：一个个衣衫褴褛，赤着双脚；他们一半人平均每人只有两三颗子弹，另一半手里只有一支步枪。还有一门大炮和十六发炮弹。然而柯茹赫紧咬牙关，盯着士兵们，仿佛每人兜里都有三百发子弹，仿佛炮兵连正虎视眈眈，弹药箱里满满都是炮弹，仿佛周围是家乡的草原，全部人马都如虎添翼，尽情伸展。

带着这样的眼神和神情,他说:

"同志们!我们曾和哥萨克人,和士官生战斗。我们知道为何与他们作战——因为他们想将革命扼杀。"

士兵们阴沉地盯着他,仿佛在用目光说:

"你不说也知道。可那又怎样?……这桥洞照样钻不过去……"

"……我们从哥萨克手里逃了出来!山把我们隔开,本来可以喘口气了。可是出现了新的拦路虎。这是些什么人?是格鲁吉亚的孟什维克。而孟什维克,跟士官生是一个货色,和资本家是一丘之貉,做梦都想把苏维埃政权打垮……"

而士兵们的目光说:

"跟你的苏维埃政权亲嘴去吧。可我们赤着脚,光着身子,连吃的都没有。"

柯茹赫明白他们的眼神,明白这样下去只有一死。

他孤注一掷地对骑兵说:

"同志们,你们的任务是:策马上前,把桥梁一举拿下。"

骑兵心里都明白,总指挥给他们下了一个多么疯狂的命令:在机枪的火舌之下鱼贯前行(在桥上根本展不开队形),这就意味着,半数人的尸体将会把桥梁堵住,而另一半由于无法跨越这座尸山,只能在撤退途中被乱枪打死。

可他们身上穿着那样合身的切尔克斯袍,家传的武器闪着那样夺目的银光,毛皮高帽和羔皮库班帽是那样俊美英武,库班草原的骏马是那样生机勃勃地昂着头,抖着缰绳。显然,所有人都望向他们,欣赏着他们的英姿,于是他们齐声喊道:

"是,柯茹赫同志!"

隐蔽的大炮对准桥后的同一个地点,接二连三地射击,那里是敌人的老巢,隐藏着敌人的机枪。声势浩大的回音在山谷、岩石、山峦间震荡。骑兵们正了正帽子,不呐喊,也不开枪,一声不响地从转弯处飞驰而去,马在惊恐之中竖起耳朵,伸长脖子,大张着血淋淋的鼻孔,冲向桥头,在桥梁上奔驰。

格鲁吉亚的机枪手在不断爆炸的榴霰弹之下匍匐在地,几乎被山中肆意激荡的轰隆声震聋了。他们没有料到对方如此肆意妄为,猛地回过神来,开始射击。一匹马倒下了,接着是第二匹、第三匹,但骑兵已占领了桥中央,冲到了桥尾,第十六发炮弹一响,敌人落荒而逃。

"乌拉!!"骑兵挥刀就砍。

离桥梁稍远的格鲁吉亚部队一边开枪回击,一边沿公路逃跑,消失在转弯处。

那些驻守桥梁的敌人被切断了,一股脑向海边跑。然而格鲁吉亚的军官早就跳上小艇,汽艇向轮船飞速驶去。烟囱里冒出浓浓的烟柱,轮船向远海开去了。

格鲁吉亚的士兵站在齐脖子深的海水中,向着渐行渐远的轮船伸出双手,喊着,骂着,咒子孙,骂全家,而马刀朝他们的脖颈、头颅、肩膀砍去,水上荡起血色的涟漪。

苍蓝的海面上,轮船缩成一个黑点,消失在远方。岸上已无人再哀求,无人再咒骂了。

二十三

森林、峡谷上方是壁立的岩峰。那里吹来的微风总是带着一丝凉意，可下方的公路依旧是暑热、苍蝇和灰尘的天下。

公路如一条狭长的走廊，夹道是逼仄的山岩。饱受雨水冲刷的树根从岩顶垂挂下来。一个个弯角不时挡住前后的视线。无法转身，也无法回头。大队人马沿着走廊朝同一个方向川流不息地奔淌。山岩遮蔽了大海。

队伍走走停停。车、马、人都停下来，疲惫地站上很久，然后再次动身，再次停下。谁也不知道是怎么回事，谁也看不清周围的情况——身边尽是马车，而前方是转角和岩壁，只有头顶露出一小块蓝天。

一个细弱的声音说：

"妈妈，酸苹果！……"

另一辆马车上也叫起来：

"妈妈！……"

接着是第三辆：

"你们别吵！往哪儿找去？……难不成还要爬墙吗？看见没，

跟墙一样陡!"

孩子们还是不住声,哭哭啼啼,最后拼命嘶喊起来:

"妈妈!……我要玉米!……我要酸苹果……酸苹果!……玉米……我要!……"

母亲们大发雷霆,如狩猎时的母狼一般瞪着凶光闪闪的眼睛,开始修理自家的孩子。

"闭嘴!真该死。你们要是没命了,我们心里倒舒坦了。"说着,怒气冲冲地流下无奈的泪水。

远处,传来低沉的枪声,双方在交火。可是谁也不听,谁也不知道发生了什么。

过去了一小时,两小时,三小时。队伍走了一阵儿,又停下来。

"妈妈,玉米!……"

母亲们依旧怒不可遏,简直想咬断每个孩子的喉咙,一边在马车上胡乱翻着,一边骂骂咧咧。有时从车里找到一根嫩玉米秆,痛苦地嚼上半天,拼命磨着牙,牙根都渗出血来;然后俯下身,用温热的舌头把食物送进孩子大张着的贪婪的小嘴。孩子们含住嘴里的糊糊,试着往下吞,可秸秆把嗓子刺得生疼。孩子们喘着粗气,一边咳嗽,一边往外吐,号啕大哭。

"不吃!不要吃!"

母亲们暴跳如雷,挥手就打。

"你们到底想要什么?"

孩子们擦着满是泪水的脏兮兮的小脸,硬生生往下咽。

柯茹赫牙关紧咬,拿着望远镜从岩石后面观望敌人的阵地。指挥员聚集在一起,也从望远镜里观望。士兵眯起眼睛,观看效果不比望远镜差。

转角处峡谷开阔起来。透过那宽阔的峡口,可以望见深蓝色的远山。郁郁葱葱的密林在高地上蔓延,遮蔽了峡谷。林地顶部是嶙峋的岩石,最顶端屹立着四丈高的陡峭悬崖——那里藏着敌人的战壕,十六门大炮贪婪地盯着从走廊蜿蜒而出的公路。部队刚从壁立的隘口探出头来,立刻枪炮齐鸣,前方是死路一条。士兵向岩石后面涌去。柯茹赫很清楚,这里连鸟儿都飞不过去。根本没法调头,公路是唯一的通道,可那里只有一死。他望着远处山脚下白茫茫的小城,望着蔚蓝的海湾,还有海上黑漆漆的格鲁吉亚轮船。应当想出个新法子,可到底怎么办呢?应该寻找另外一条出路,可这出路又在哪儿?他跪在地上,满是灰尘的公路上铺着地图,他在地图上爬着,研究每一处细微的弯曲、褶皱和小径。

"柯茹赫同志!"

柯茹赫抬起头。面前是手舞足蹈的两个人。

"鬼东西!……可赶上了……"

柯茹赫默不作声地望着他们。

"是这样,柯茹赫同志,这边咱们是过不去了,全会死在格鲁吉亚人手里。刚才我们……怎么说呢,去侦察过了……自告奋勇。"

柯茹赫依旧目不转睛地盯着:

"呼一口气。别在肚子里憋着,朝我呼一口气。知不知道,为这事儿大可枪毙你们?"

"看在耶稣份上,这森林有妖气,我们在森林里钻,吸了一肚子妖气。"

"难不成还有小酒馆吗,怎么着!"另一个随声附和,一双乌克兰人的眼睛闪着狡黠而快活的光,"树林里当然只有树,别的什么也没有。"

"说正事。"

"是这样,柯茹赫同志,咱跟他一块儿走,说的可都是正经话:

要么死在这条公路上,要么往回走,落到哥萨克手里。可谁也不想死,更不想落到哥萨克手里。这可怎么办呢?抬头一看,哈,树林子后边有个小酒馆。我们爬到跟前,四个格鲁吉亚人正喝酒吃肉串。谁不知道,格鲁吉亚人都是酒鬼。拿鼻子一闻,天旋地转,那叫一个醉人,可是喝不到嘴里呀,他们都拿着左轮手枪呢。我们跳了出来,开枪打死两个:'站住,不许动!你们被包围了,妈的!……举起手来!……'这帮家伙都愣了,看来没想到还有这一出。我们又干掉一个,把剩下的这个绑了。嗨,店掌柜差点儿吓断气。我们呐,老实说吧,把格鲁吉亚人剩下的肉串给吃完了,应该是付过钱的——他们的军饷可真不少啊。不过酒,可一滴都没沾,毕竟您是下过命令的。"

"让它见鬼去吧,该死的……哪怕闻过一下,就让我挨一嘴巴。让我肚子里的杂碎都翻出来。"

"说正事。"

"我们把打死的格鲁吉亚人拖进林子,拿了他们的武器,怕走漏风声,就把剩下的那个格鲁吉亚人和店掌柜押到这儿来了。又碰见五个汉子,带着婆娘和姑娘们,是本地人,从城郊来的,是咱们的人,俄罗斯人,在城边上有住处,可格鲁吉亚人是亚洲人,黑头发黑皮肤,和咱们的人不一样,对白种女人眼馋得要命。这不,把家业都抛下了,跑到我们这儿来。他们说,沿着小路可以绕城走。他们说这路难走,到处是深沟、林子、悬崖、裂缝,可还是能走过去。不过,要是硬碰硬往前冲,他们说想都别想。这些小路他们了如指掌。的确,是很难走,太难了,一句话,难得要命,可总归还是能走过去。"

"他们在哪儿?"

"这儿呐。"

营长走了过来。

"柯茹赫同志,我们刚才去了海边,那边无论如何也过不去。岸边都是岩石,悬崖直插水面。"

"水深吗?"

"岩石下边齐腰深,有些地方没过脖子,有些地方能淹过头顶。"

"这算得了什么,"一个衣衫褴褛、手持步枪的士兵仔细听着,说道,"淹过头顶,这有什么……山上滚下来的石块,在海里堆了那么多石堆,咱们可以像兔子一样,一块接一块地在石头上跳。"

情报、指令、说明、计划从四面八方送到柯茹赫耳边,其中不乏出乎意料、机智过人的点子。总之,情况变得明朗起来。

接下来召集指挥员。他牙关紧咬,低压压的眉骨下方,一双眼睛犀利灼人,明察秋毫。

"同志们,是这样。三个骑兵连全部绕城前进。绕城的路很难走,沿小路,穿过森林、岩石、峡谷,而且是夜间行军,但无论如何都要完成任务!"

"会完蛋的……一匹马都回不来……"说不出口的话都藏在了眼睛里。

"我们有五个向导,都是俄罗斯人,是本地居民。格鲁吉亚人把他们得罪苦了。他们的家属在我们这儿。跟向导已经说清楚了,家属为他们做担保。从后方绕过去,冲进城里……"

他顿了顿,凝视着笼罩山谷的夜色,简单利落地随口说道:

"把他们全消灭!"

骑兵们威风凛凛地正了正后脑勺上的毛皮帽子:"保证完成任务,柯茹赫同志。"说着,便潇洒地跃上马背。

柯茹赫说:"步兵团……赫罗莫夫同志,你们团从悬崖上下去,在石堆上跳跃前进,到码头去。黎明时发起进攻,拿下码头的所有船只,不要开枪。"

接着又沉默片刻,随口说道:

"把他们全部歼灭!"

"格鲁吉亚人只需安排一名海上狙击手,就会把全团的人一个个从石头堆上撂倒……"

可嘴上却齐声喊道:

"明白,柯茹赫同志。"

"两个团准备从正面冲锋。"

远处山巅上的红光,一处接一处地消失了,群山成了一脉幽深的蓝色。夜幕已将山峡笼罩。

"我来带路。"

一片幽深的寂静,每个人眼前都浮现出这样的情景:茂密的丛林,林木后面是嶙峋的石山,山上那孤零零的、壁立的悬崖,如眼目低垂的死神,俯瞰着大地……这一幕停留片刻便渐渐消逝了。夜色在峡谷中蔓延。柯茹赫登上一块台地。下方,衣衫褴褛的队伍在朦胧的夜幕中蜿蜒,都打着赤脚,刺刀锋利的刀尖密密麻麻地耸在头顶。

大家都目不转睛地盯着柯茹赫——他身上藏着生死问题的秘密答案,他有责任指明一条出路,一条摆脱绝境的出路。对此,大家都心明眼亮。

柯茹赫沐浴着千万道渴求的目光,自觉是这生死玄机的持有者,他说:

"同志们!我们无路可逃了,要么在此地掉脑袋,要么等哥萨克从后方把我们赶尽杀绝。困难几乎是难以克服的:没有子弹,也没有炮弹,只能赤手空拳往前冲,可对方有十六门大炮冲我们虎视眈眈。不过,如果能万众一心……"他沉默片刻,钢铁似的面颊如石头般冷了下来,用陌生而粗犷的声音喊了起来,使所有人心中一凛,"若是万众一心,就能杀出一条生路。"

这话不用他说,每个士兵都心知肚明,然而,经这奇怪的声音一喊,所有人都为这意外的陌生感所震撼,于是士兵们喊道:

"万众一心!!杀出重围,肝脑涂地!"

山岩上,最后几点斑驳的白色消失了。山峦、岩石、森林,什么都看不到了。最后几匹马的背影沉没到夜色中。下山的士兵牵扯着彼此的破衣服,小石子一般散落在海边的滩涂上,渐渐看不清了。两个团最后的行列也消失在漆黑的森林中,丛林上方,壁立的山岩如闭着眼睛的死神悬在头顶。

辎重在夜色庞大的沉寂中定了格,没有篝火,没有欢声笑语,就连孩童也无声地躺着,脸颊深陷,静静地挨饿。

万籁无声。一片黑暗。

二十四

一名格鲁吉亚军官蓄着小胡子,身穿红色紧身切尔克斯袍,戴着金肩章,睁着一双黑漆漆的、巴旦杏似的眼睛,这双眼睛不知撩拨了多少女人的心弦。此时他正在山顶的平台上溜达,不时向外张望。战壕,胸墙,机枪巢。

二十丈远的地方,是无法触碰的悬崖峭壁,崖下是陡峻的石坡,坡上是难以通行的黑压压的密林,而森林后面是岩石嶙峋的峡谷,荒寂的大路好似一条白色的带子,从山峡中蜿蜒而过。大炮朝那边隐秘地窥伺着,敌人就藏在那里。

哨兵在机枪旁不紧不慢地踱步,他们穿着簇新的军装,颇为英武。

今早,这群衣衫褴褛的猪在公路上蠢蠢欲动,刚从岩石后面探出头来,就立刻就尝到了苦头——让他们长长记性吧。

正是他,米荷拉兹上校(年纪轻轻就当了上校!),选择了这个隘口作为阵地,正是他在司令部极力坚持。这是封锁海岸的咽喉锁钥。

他又望了望山顶的平台和壁立的悬崖,望了望岸边直插海面的陡峭岩石——没错,一切都星罗棋布,尽在运筹之中,纵使是天兵天将也一筹莫展。

不,这还不够,将他们拦下还不够——应当一举歼灭。他已经拟好了计划:派轮船去后方堵截——那边公路通往海边,从海上扫射,派陆战队登陆,把这堆臭烘烘的破烂从两头封锁起来,让他们像掉进捕鼠器的老鼠一样完蛋。

这就是他,米荷拉兹公爵,库塔伊西城郊一座不大却美妙的小庄园的庄园主。他要击溃这条沿海岸爬行的毒蛇,将蛇头一举斩断。

俄罗斯人是格鲁吉亚的敌人,同亚美尼亚人、土耳其人、阿塞拜疆人、鞑靼人、阿布哈兹人一样,是卓越、文明、伟大的格鲁吉亚的敌人。布尔什维克则是全人类的敌人,是世界文明的敌人。他,米荷拉兹,本身是社会主义者,可他……("要不要派人把那个女孩,那个希腊姑娘叫来?……不,算了……在阵地上犯不着,因为士兵们……")……可他是一名真正的社会主义者,对历史机械论有着深刻的理解,是一切戴着社会主义假面、在群众中肆意暴露低劣本性的冒险主义者不共戴天的死敌。

他不嗜血,他非常厌恶流血,可一旦事关世界文明,事关祖国人民的伟大与福祉,就会变得冷酷无情,而这些人——必须一个不落,全部肃清。

他一边溜达,一边用望远镜观察那陡得怕人的石坡,那黑漆漆的难以通行的密林。空无一人的公路如一条白色带子,从山岩中蜿蜒而出,峰顶上猩红的夕照越发鲜亮。他望着这一切,倾听着周遭的寂静,温柔的夜色正携着慈和的岑寂款款走来。

这一身华贵毛呢裁成的、与他俊美身躯无比贴合的切尔克斯袍,这镶金带银的名贵短剑和左轮手枪,这出自高加索独门巧匠——著名的奥斯曼大师之手的、雪白的毛皮高帽,这一切都赋予了他责任,使他必须立下丰功伟绩,必须立下生而注定的功勋。这一切把他与其他人隔离开来,他和在他面前站得笔直的士兵不一样,和缺乏这般经验学识的军官不一样。当他仪表堂堂地来回踱步的时候,越发感觉到自己身上承受的孤独之重。

"喂!"

跑来一个勤务兵。这是一个年轻的格鲁吉亚小伙子,脸色黄得有些不自然,满脸殷勤,和上校一样,瞪着一双湿漉漉、黑漆漆的眼睛,跑上前来,站直身子,行了一个举手礼。

"您有什么吩咐?"

"……这个女孩……这个希腊姑娘……把她带过来……"但没有说出口,只是严厉地瞪着勤务兵,说:"晚饭怎么样了?"

"准备好了。军官老爷们正等着您呢。"

一排士兵急忙跃起身,站得笔直,上校威严地从旁走过。士兵们形容消瘦——给养运不过来,士兵们只能靠一捧玉米果腹,忍饥挨饿。他们目送着他,行着军礼,而他漫不经心地挥着草草挂在手指上的白手套。他走过傍晚的篝火堆,篝火正静静地冒着微蓝的轻烟,走过炮兵的拴马场,走过步兵掩护队锥形的步枪架,走进一座长长的白色帐篷,里面摆着一张抢眼的长桌,从帐篷这头伸到那头,摆满了酒瓶、杯盘、鱼子酱、奶酪、水果。

一群同样年轻、同样穿着红色紧身切尔克斯袍的军官,他们急忙止住谈话,全都站起身来。

"请坐吧。"上校说。于是所有人都入了座。

他在自己的帐篷里躺下的时候,还有些洋洋自得,头脑发晕,把脚伸给勤务兵,让他替自己脱下锃光瓦亮的皮靴,心想:

"可惜没派人把那希腊姑娘带来……不过,没带来也好……"

二十五

夜是那么庞大,吞噬了山峦和岩石,吞噬了那道巨大的沟壑。白天,这道沟壑静静地横在山前,深处遍布丛林,而现在,什么都看不见了。

一名哨兵在胸墙上走来走去,他的身影黑得像天鹅绒,夜的黑天鹅绒笼罩下的一切都是这样的黑色。他慢悠悠地踱了十来步,慢悠悠地转身,又慢悠悠地往回走。他走到一边,机枪的轮廓便朦胧地显现出来;走到另一边,便隐约浮现出陡峭的悬崖,从头到脚都均匀地沐浴着黑暗。隐遁在夜色中的峭壁让心里感到平静,踏实——就是蜥蜴也爬不过来。

于是他又慢悠悠地踱了十来步,慢悠悠地转身,又……

家里有个小园子,有一小块玉米地。还有尼娜,怀里抱着小谢尔戈。他离家的时候,谢尔戈用黑李子般的眼睛盯了他好久,随后在母亲怀里蹦起来,伸出胖乎乎的小手,咧嘴笑了,吐着泡泡,咧着没牙的可爱的小嘴,笑了。父亲把他抱过来的时候,那可爱的泡泡涂了一脸。这没牙的微笑,这些小泡泡,是不会消逝在黑暗中的。

慢悠悠地走上十来步,隐隐揣测到机枪的位置,慢慢转身,隐隐揣测到峭壁的边缘,再一次……

布尔什维克没对他做过恶事……可他要从这高地向他们开枪。公路上,纵使是蜥蜴也爬不过来……布尔什维克推翻了沙皇,而沙皇吸格鲁吉亚的血啊,真好……听说,俄罗斯所有土地都给了农民……他叹了口气。他应征入伍,只要接到命令,就得开枪,向岩石后面那些人开枪。

那没牙的笑和那些小泡泡总是不由自主地浮现在眼前,心窝里一阵温暖,心里笑开了,可脸上仍笼罩着肃穆的暗影。

仍是那片寂静,饱蓄了黑暗,在天地间蔓延。大概黎明将近,这寂静更浓了……头重得要命,沉得越来越低……眼看就要打起盹来。即便是在夜色中,仍能分辨出群山那或浓或淡的阴影,黑影绵延,黑得不透一丝亮光;犬牙交错的山顶上,星斗孤独地闪烁。

夜鸟叫了,声音邈远而诡异。为何在格鲁吉亚听不到这样的鸣叫?

一切都那样沉重,一切都如黑夜的汪洋,静静地、缓缓地向他漂浮过来,如此静默,如此势不可挡地迎面漂来,可他并不觉得奇怪。

"尼娜,是你吗?……谢尔戈呢?……"

他睁开眼睛,头在胸前摇摆,身子倚着胸墙。梦魇飞逝的那一刻,残影伴着夜的世界在他眼前缓缓浮动。

他摇了摇头,一切都戛然而止。满腹狐疑地四下张望,看见黑夜仍是那般静默,胸墙的影子仍是那样朦胧,仍是那面断崖,那挺机枪,还有那道依稀可感的、藏在夜色中的沟壑。夜鸟在远处啼叫。格鲁吉亚少有这样的叫声……

他把目光移向远处。仍是犬牙交错的漆黑山岭,山尖上,苍白的星斗闪着微光,已然变换了方位。前方,是无声的夜的汪洋,他知道,这汪洋底下是繁茂的丛林。他打着哈欠,心想:"应当走一走,不然又……"可还没来得及细想,那静穆的黑暗又从悬崖下方、从沟壑中涌起,无边无际、浩浩荡荡地浮动起来,忧愁袭上心头,简直喘不过气来。

他暗自思忖:"莫非黑夜也会浮动?"

一个声音回答:"会。"

只不过回答他的不是话语,而是牙床间咯咯的笑。

这张没牙的嘴本该是那样柔软,于是他感到毛骨悚然。他伸出手,可尼娜碰落了孩子的头。灰扑扑的头滚啊,滚啊(而他僵住了),滚到山崖边上竟停了下来……妻子惊慌失措地喊,啊!……可令她感到惊骇的不是这事,而是另外一番恐怖景象:黎明前惶然的昏暗之中,断崖边上灰蒙蒙地攒动着许多人头,不,大概是在滚动……它们越滚越高,现出脖颈,伸出手臂,露出肩膀,继而,一个残铁般铿锵而破碎的声音,仿佛从紧闭的牙关中挤出来,冲破了周遭的麻木和寂静:

"冲啊!……冲锋!!"

震耳欲聋的野兽般的吼声炸毁了周围的一切。格鲁吉亚人开了一枪,倒了下去,于是在难耐的剧痛中,那伸着小手、张着没牙的小嘴吐着泡泡、在母亲怀里欢跳着的婴孩,骤然消失了。

二十六

上校冲出帐篷，向下方的码头奔去。周围是士兵飞掠的身影，他们跃过岩石，跃过那些倒下的身躯，在黎明渐渐亮起来的天色中飞奔。后边，一种非人的、闻所未闻的吼声滚滚而来，步步紧逼。马匹从拴马场中挣脱，惊慌失措地狂奔，断掉的缰绳来回乱摆……

上校像个敏捷的孩子，跳过岩石，跳过灌木，跑得飞快，快得连心脏都乱了节拍。他眼前只有一个目标：海湾……轮船……救星……

他甩开双腿，全速飞奔，脑子里的念头也以同样的速度飞旋，不，不是通过脑子，而是通过整个身躯：

"……只要……只要……只要……别杀我……只要饶过一命，什么都愿意替他们干……我给他们放牲口，养火鸡……洗便盆……刨地……拾粪……只要让我活命……只要别杀我……老天爷！……活命啊……活命……"

可那接连不断、震天动地的脚步声也在飞驰，从后方，从两旁，骇人地逼近了。更为骇人的是，那粗野的、非人的吼叫声从后方疯狂袭来，充斥了残夜，席卷了心神：啊——啊——啊！……还有那刺耳、沙哑、令人窒息的咒骂。

仿佛为了证明这吼声骇人的本质,处处传来"喀嚓!……喀嚓!……"的声响。他清楚得很,这是枪托击碎脑袋的声音,就像敲碎一层薄薄的壳。时而响起受惊的兔子般胆怯的尖叫,又瞬间静下来,他心里明白,这是在用刺刀捅人。

他继续飞奔,牙齿紧咬在一起,僵硬得像石头,灼热的气息如蒸汽般从鼻孔喷出来。

"只要能活命……只要能饶过一命……我没有家乡,没有母亲,没有尊严,也没有爱情……只要能脱身……这一切总归会有的……而现在,要活命,活命,活命……"

似乎全身力气都耗尽了,可他依旧梗着脖子,缩着脑袋,握紧拳头,摆动双臂,全力飞奔,快得迎面生风,把那些狂奔的士兵都落在了后面,他们濒死的尖叫声仿佛给飞驰的上校插上了翅膀。

"喀嚓!……喀嚓!……"

海湾的蓝色愈发清晰……轮船……哦,救星!……

他跑到跳板前,却瞬间停住了:轮船上,跳板上,堤岸上,防波堤上,到处发着同样的声响——"喀嚓!……喀嚓!……"

他一下子惊住了:就连这里也回响着那肆虐的、震人心魄的吼声,"喀嚓!……喀嚓!……"的声音在空气中回旋,濒死的尖叫声骤然腾起,又蓦地沉寂。

他急忙转身,以更加轻捷的身姿从海湾往回跑,防波堤后那无边无际的蔚蓝最后一次在他眼角闪烁……

"……活命……活命……活命!……"

他从一排白房子前掠过,黑洞洞的窗口喑哑而冷漠地望着;他向城郊飞奔,那里有蜿蜒的公路,白晃晃,静悄悄,向着格鲁吉亚绵延而去。不是那个泱泱大国,也不是那个世界文明的温床,而是他

131

获得上校军衔的地方,是那个可爱的、独一无二的故乡。那里的春天花木盛开,到处弥漫着醉人的芳香;那里有葱茏的山林,林后掩映着点点白雪;那里的暑气簌簌如有声,那里有梯弗里斯①,有沃龙佐夫斯卡亚,有泡沫飞溅的库拉河,有他童年奔跑嬉戏的地方……

"……活命……活命……活命!……"

房屋渐疏,出现了一座座葡萄园,而那吼声,那可怖的吼声和零落的枪声远远落在了身后,遗落在下方,遗落在海边。

"得救了!!"

就在此时,震天动地的沉重的马蹄声充斥了每条街道,奔驰的快马从角落飞跃而出,那可恶的、致命的吼声随之滚滚袭来:杀——啊——啊……马刀细薄的刀片纷飞,刀光闪烁。

旧时的公爵米荷拉兹,昔日的格鲁吉亚上校,刹那间转身往回奔去。

"……救——救命!"

他屏住呼吸,顺着街道往城中心飞奔。朝栅栏门撞了两下——栅栏门和大门都被铁闩锁得严严实实,谁也不肯赐他一线生机:对于街上发生的一切,屋里人都冷漠得可怕。

此时他终于明白了,唯一的救星是那希腊姑娘。她闪着一双乌黑发亮、忧郁怜悯的眼睛,正等他回来。她是这世上唯一……他要娶她,给她庄园,给她财富,他要亲吻她的裙裾……

脑袋像爆炸似的,飞散成无数小小的碎片。

其实不是小小的碎片,而是被寒光闪闪的马刀斜劈成两半,迸出了脑浆。

---

① 梯弗里斯:格鲁吉亚首都第比利斯的旧称。

二十七

　　暑气越发灼热起来。无形的死雾沉重地悬在城市上空。街道、广场、堤岸、防波堤、院落、公路，都堆满了尸体。成堆的尸首一动不动地躺着，姿势各异。有的恐怖地蜷着头，有的脖颈上的头颅已不知去向。脑浆像肉冻似的，在马路上突突直抖。房屋下，石墙边，都是凝结的黑血，这血一直淌到城门底下，放眼望去，好似屠宰场一般。

　　轮船上，船舱、底舱、甲板、货仓、锅炉房、机舱，到处都是瘦脸盘、黑胡髭的尸体。

　　有的一动不动地搭在堤岸的栏杆上，若是往透明的碧水中望上一眼，就会看见，那泛着绿色的湿滑的礁石上，静静地横着一具具尸体，灰色的鱼群静止不动地悬停在死尸上方。

　　唯有城中心还传来密集的枪声和机枪急促的哒哒声：一个连的格鲁吉亚士兵盘踞在教堂周围，正英勇地决一死战。不过后来，连这也沉寂了。

　　死尸横陈，而活人充塞了小城、街道、院落、房屋、堤岸，城市周围的公路上、峡谷的山坡上，都挤满了车、马、人。一派忙碌之景，四下一片欢呼声、笑声、喧哗声。

柯茹赫在这生死场上走了一遭。

"胜利了,同志们,胜利了!!"

仿佛没有死尸,也没有鲜血似的,周遭掀起一片喜悦的狂澜:

"乌拉——拉——拉!!"

幽蓝的远山上响起回声,声音飘过轮船,飘过海湾和防波堤,落进那片湿润的蔚蓝,远远地消逝了。

然而,市场上、铺子里、商店中,人们已经躲躲闪闪、提心吊胆地行动起来。砸破箱箱柜柜,撕开成匹的呢绒,把衣服、毯子、领带、眼镜、裙子如数从货架上拽下。

前来洗劫的大多数是水兵——他们说到就到。到处都是结实粗壮的身躯,穿着白色海军服和宽脚裤,头戴海军帽,飘带随风飘摆,高声呼喝,喊声四处飞散:

"快划呀!"

"靠岸吧!"

"下手!"

"把这个架子上的东西扒下来!"

他们下手敏捷利落,有计划,有组织。有的把华丽的女帽顶在头上,用面纱遮住嘴脸,有的打着花边丝绸阳伞。

士兵们身上的衣物破烂不堪,黑乎乎的赤脚满是裂口,他们也在忙碌着,替女人孩子挑选花布、麻布、帆布。

有人从纸盒里拽出一件浆过的衬衣,撑开袖子,咯咯地狂笑起来:

"兄弟们,瞧哇,衬衣!……给你妈的后脑壳来一下……"

他像套笼头似的,把脑袋从领子里钻过去。

"这东西怎么不打弯?跟树皮似的。"

他开始不住地弯腰、起身,不时朝自己的胸膛看几眼,丈二和尚摸不着头脑。

"瞧见没,真不打弯!跟弹簧似的。"

"呸,你这傻子!这是浆过的。"

"啥?"

"就是那些老爷们把马铃薯粉抹在胸前,为的是让胸脯挺起来。"

一个骨瘦嶙峋的高个子,破衣烂衫里露出黑乎乎的身子,拽出一件燕尾服。左看右看,细细打量了半天,果断褪去身上的破衣服,赤裸裸地钻了进去,猩猩一般的长手臂伸进衣袖,可袖子只能盖到胳膊肘。就这样,他把这件衣服套到光溜溜的身子上,把肚子上的扣子扣好,可底下还开着叉。他嘿嘿一笑。

"还缺条裤子。"

他又爬去乱翻,可裤子都被抢光了。摸到衬衣柜,拖出一个纸盒,里面有件怪模怪样的东西。拽开,打量一番,又嘿嘿地笑起来:

"奇了怪了!裤子不像裤子,还这么薄。费多尔,这是啥?"

可费多尔顾不上搭理他——他正忙着给女人孩子挑花布,他们都还光着身子呢。

他又打量一番,忽然间,苦着脸,果决地把它套在青筋暴起、被太阳晒得黢黑的脏兮兮的长腿上。穿上一看,这东西只勉强遮住膝盖,一簇簇花边在膝头上飘摆。

费多尔看了一眼,大笑起来:

"兄弟们,看呐!奥帕纳斯!……"

人们哄堂大笑,商店都震了一震:

"这不是娘儿们的裤子吗!!"

奥帕纳斯闷闷不乐地说:

135

"这有啥,娘儿们就不是人了?"

"可你怎么走路呢?开着叉,都让人看光了,还那么薄。"

"裤裆倒是够大!……"

奥帕纳斯愁眉苦脸地看了一眼。

"还真是。这帮人真够蠢的,用这么薄的东西做裤子,简直糟蹋料子。"

他把纸盒里的东西都拽了出来,默默地穿在身上,一件接一件,总共穿了六条。花边在膝盖上方飘摆,宛如绮丽的波涛。

水兵们聆听片刻,突然间疯了似的从门窗冲了出去。窗外是一片呼号声、咒骂声、马蹄声,还有马鞭在人身上抽打的声音。士兵们涌向窗前。只见水兵在广场上拼命奔跑,奋力保住抢来的东西。骑兵用马刺踢着马肚子,鞭子无情地抽打在他们身上,抽破了衣服,脸上抽出一道道紫青的血印子,鲜血直喷。

水兵如发狂的野兽,向四处张望着,纷纷扔掉塞得满满的包裹,终于忍耐不住,四散奔逃。

二十八

鼓声惊惶、急促地响着。号兵吹起军号。

二十分钟后,士兵在广场上排成横队,满脸肃然之色。这严肃的神情与身上的衣着搭配在一起,显得颇为怪异。有的还穿着之前那件汗透了的破衣烂衫,有的穿着浆过的衬衣,敞着前襟,腰间束着根细绳子,胸前像纸盒似的鼓起来。还有的穿着女式睡衣或束胸,黑黢黢的胳臂和脖颈古怪地伸出来。第三连的右翼基准兵是个骨瘦如柴的高个子,愁眉苦脸,光溜溜的身子上套着件黑色燕尾服,袖子只盖到胳膊肘,赤裸的膝头上盖满了白晃晃的花边。

柯茹赫走到近前,铁一般的双颚,牙关紧咬,灰色的眼睛闪着犀利的光。他身后的指挥员头戴英武的格鲁吉亚军官高帽,身穿红色切尔克斯袍,腰间挂着乌银短剑。

柯茹赫站了片刻,钢铁般的小眼睛依旧射出犀利的光芒,扫视着眼前的队列。

"同志们!"

他的声音仍似锈迹斑斑的残铁,一如昨夜喊出"冲啊!……冲锋!……"时的嗓音。

"同志们！我们是革命的队伍，为咱们的孩子、妻子而战，为咱们年迈的父母而战，为革命，为咱们的土地而战。土地是谁给的？"

他停下来，等待回答，不过心里清楚，列队过程中，谁也不会回答。

"是谁给的？是苏维埃政权给的。可你们都干了些什么？你们成了强盗，抢起来了。"

静得怕人，气氛紧张得眼看要炸裂开来。而那锈迹斑斑的残铁般的声音又轰然响起：

"我，本队总指挥，下令每人罚二十五军棍，哪怕拿了一针一线也得受罚。"

所有人都一动不动地盯着他，目不转睛：他身上衣衫褴褛，裤子成了挂在腿上的碎布条，脏兮兮的草帽像煎饼似的在头上垂着。

"但凡抢过一点东西的，都向前三步！"

片刻难耐的沉寂——谁也没动。

突然，地面低沉而齐整地震了三下：一！二！三！……只有寥寥几人穿着破衣烂衫站在原地。而新的队伍中，挤挤挨挨地站着穿得千奇百怪的人。

"从城里拿的东西都归置在一起，分给你们的孩子和老婆。把抢来的东西都放在地上。全体都有！"

前排躁动起来，纷纷将一块块花布、麻布、帆布放在地上，有些人则褪下浆过的衬衣、女式上衣和束胸。很快，地面上堆起一大堆衣物，而人们都赤身露体地站着，裸露着晒得黑红的身子。那位右翼基准兵也脱了身上的燕尾服和女衬裤，瘦嶙嶙、赤条条地站着。

开过来一辆马车。车上取下许多树条。

柯茹赫走到队列的一端。

"趴下！"

排头的那个立刻四肢着地,随后笨拙地趴下,把脸埋在那条女衬裤上,太阳晒着他光溜溜的屁股。

柯茹赫用锈迹斑斑的声音喊道:

"都趴下!"

于是都趴了下来,屁股和脊背迎着灼热的阳光。

柯茹赫在一旁看着,脸像石头一般不动声色。难道不是这群人如狂暴的悍匪般吵吵闹闹,选他当了头领?难道不是他们冲他喊过"出卖了……把我们骗了"?难道不是他们将他百般捉弄,耍得团团转?难道不是他们想要朝他举起刺刀?

而现在却都光着身子,驯顺地趴着。

一股威力的波涛涌上心头,恰似当年获得军衔时那飘飘然的虚荣心。不过这是另一种波澜,另一种虚荣心——他要救他们,将这些驯顺地趴着、等着挨军棍的人解救出来。他们驯顺地趴着,然而,若是他欲言又止地提上一句,"兄弟们,回去吧,到哥萨克和沙皇军官那儿去吧",他们定会向他举起刺刀。

于是柯茹赫那锈迹斑斑的声音在趴着的人们上方又一次响起:

"穿衣服!"

所有人都爬起来,穿起那些浆过的衬衣和女式上衣。那名右翼基准兵又将燕尾服披在身上,并套上六条女衬裤。

柯茹赫做了个手势,两名士兵面露喜色,将那堆树条原封不动地收了回去,放回到马车上。随后,马车在队伍前驶过,大家兴高采烈地将一块块花布、麻布、缎子扔到车上。

二十九

微红的篝火在黑天鹅绒般的汪洋中颤抖,照亮了剪纸般扁平的脸庞和身躯,照亮了马车的一角和马头。整个黑夜充满了喧嚣,人声、惊叹声、笑声;歌声忽远忽近,时起时落;时而叮咚地响起巴拉莱卡的琴声,时而又有手风琴的乐声交织进来。篝火,篝火……

夜色中还充溢着别的东西,这些东西谁也不愿去想。

城市上空被电灯的光芒映成微蓝色。

噼啪作响的篝火用微红的反光映出一张衰老的脸庞。一张熟悉的脸庞。唉,你要好好的啊,老妈妈!戈尔碧娜大娘!老头子默默地躺在旁边的皮袄上。士兵们围坐在火堆旁,火光映红了脸颊——都是一个镇子上的同乡。锅子在火堆上挂着,可锅里盛的几乎只有水。

老太婆戈尔碧娜说:

"上帝呀,圣母啊,这到底算怎么回事?!走,走,走,可什么都没有,到死也没东西吃。这管事的像什么话,一点吃的都不给?这算什么管事的……安卡不在。老头子连句话也不说。"

篝火如一条斑驳的长链,沿着公路渐渐消失在远方。

火堆后面,仰面朝天躺着一个士兵(人们看不见他),头枕在手臂上,望着漆黑的夜空。看不见星星。也许是回忆油然浮上心头,也许只是忧愁袭来。他躺在那儿,枕着手臂,想着自己的心事,他的声音如思绪般纷飞飘荡,年轻而温柔,若有所思:

……带上自己的妻子……

锅里的清汤寡水如泉眼般咕嘟作响。

"这算怎么一回事啊……"老太婆戈尔碧娜仍在说着,"把我们带过来,让我们在这儿送命。光用水来撑肚子,就算烧得滚开,也还是水啊。"

"可不是!……"一个士兵说。他把穿着崭新英国皮鞋和崭新马裤的腿伸向篝火,腿脚映着红光。

旁边的火堆,手风琴俏皮地响了起来。篝火的长链断断续续地蜿蜒。

"安卡也不见了……这个小娼妇!跑哪儿去了?拿她怎么办?老头子,你揪着她的头发教训她一顿也好呀。你干吗不作声,像块木头墩子似的?"

……把我的烟斗拿来,你这浪子……

那个士兵继续唱着歌,翻了个身,趴在地上,手支着下巴,望着篝火,火光映红了脸颊。

手风琴发出古灵精怪的乐声。黑夜在光影中颤抖,远远近近的篝火旁,一片欢歌笑语。

"他们也都是人,每个人都有母亲……"

他用年轻的声音自言自语地说出这句话,周遭蓦地静下来,手风琴声和那欢声笑语都止息了,所有人都感觉到从山岩那边飘来一股浓重的腐臭气息——那里横着的尸体尤其多。

　　一名上年纪的士兵站起身,想看清说话的人……他朝火堆啐了一口,火焰嘶嘶作响。在陡然觉察到的黑夜里,这沉寂仿佛会持续很久似的,可突然间迸发出一阵喊声、说话声、谩骂声。

　　"怎么回事?"

　　"啥事?"

　　所有人把头扭向一个方向。那里的黑暗中传来一个声音:

　　"走,走,混蛋!"

　　一群士兵群情激奋地闯进篝火的光圈,明灭的火光在黑暗中怪异地捕捉着人们的身形,时而照出一角映红的脸颊,时而照出举起的胳膊和刺刀。中间那人被这突如其来的阵势吓慌了神,他身穿紧身切尔克斯袍,金色的肩章闪闪发光——是个格鲁吉亚人,很年轻,几乎还是个孩子。

　　他扑闪着一双少女般迷人的大眼睛,困兽似的四下张望,几滴血珠在长长的睫毛上颤抖,宛如红色的泪滴。看样子,他仿佛即刻就要喊出一声"妈妈……",可他一言不发,只是张望。

　　"在灌木丛里藏着呢,"一名士兵仍不能抚平心头的激愤,说道,"事情是这样的。我去灌木丛那边解手,弟兄们一个劲儿地喊:'狗东西,走远点儿。'我就跑到那片灌木丛里蹲下,眼前黑乎乎的是什么玩意儿?我以为是石头,伸手一摸,结果是他。哼,咱们就用枪托给了他几下。"

　　"就是他?那就让他见阎王去吧!……"一名小兵端起刺刀,跑了过来。

　　"等等……等一下……"周围一片喧哗,"该向指挥员通报一声。"

格鲁吉亚人哀求说:"我是应征入伍的……我是征兵征来的,我不能……他们派我来……我家里还有母亲……"

血水从打破的头上滚下来,睫毛上又挂上了新的血红的泪珠。士兵们站在一旁,手按着枪筒,阴郁地望着。

对面那个趴在地上的人被火光照着,一直盯着篝火,这时开了口:

"真年轻啊……看上去还不到十六岁……"

话音刚落,人们立刻七嘴八舌地喝道:

"你算什么人?!大老爷吗?……咱们和白匪拼命,格鲁吉亚人来搞的哪门子乱?请他们来的吗?咱们和哥萨克打得你死我活,第三方就别来掺和了。谁敢把鼻子伸过来,咱们就把他脑袋也剁了。"

四处都是激愤的声音。别的火堆旁的人也都围了过来。

"这是什么人?"

"就是躺在那儿的那个乳臭未干的毛孩子……身上的奶腥味还没褪尽呢。"

"去他妈的!"

一个士兵粗野地骂了一声,取下锅子。指挥员来到近前,朝那男孩瞟了一眼,便转身往回走,用格鲁吉亚人听不到的声音,漫不经心地撂下一句:

"把他毙了!"

"走吧。"两个士兵分外严肃地说,背上步枪,看都不看格鲁吉亚人一眼。

"你们带我去哪儿?"

三个人走了,从黑暗中传来同样分外严肃的声音:

143

"去司令部……审问……你会在那儿过夜……"

一分钟后,传来一声枪响。枪声久久回荡,消隐在山间,最终沉寂了……而夜似乎还充满着那沉落下来的余响。回来时只剩下两个,二人沉默地在火堆旁坐下,谁也不看……夜仍充满着那不绝于耳的最后的枪声。

仿佛是想抹去这不可抹杀的回声似的,所有人都比往常更活跃、更高声地交谈起来。拉起了手风琴,巴拉莱卡也开始叮咚作响。

"我们穿过林子,走到岩石跟前,就知道这下糟了:爬也不是,走也不是。天一亮,全都得被打死……"

"真是进退不得。"有人笑着说。

"当时就有一个念头:这帮狗崽子们都装睡呢,肯定马上就要扫射起来了。要是在那上边安排十名机枪手,咱这两个团准得像苍蝇一样被扫光。既然这样,那就爬吧。咱们就一个踩一个地叠罗汉爬上去了……"

"可咱们的头儿在哪儿呢?"

"头儿也跟咱们一块儿爬呢。快爬到顶的时候,还有两丈来高,陡得像堵墙,怎么也爬不上去了,上不去,也下不来——大伙儿大气都不敢出了。头儿抽出一把刺刀,插进岩缝就爬了上去。于是大伙儿就都学着他的样儿把刺刀往岩缝里插,就这样爬到了岩顶。"

"可我们整整一排人都在海里呛着。像兔子似的,从一块石头跳到另一块石头。天真是黑呀。好些人摔下去,一个接一个,掉到水里淹死了。"

然而,不管谈话进行得怎样活跃,不管篝火燃烧得怎样快活,每个人都想要忘却的东西,却依旧紧张地充满了黑夜,那腐臭的气息依旧不可阻挡地飘过来。

老太婆戈尔碧娜说:"那是什么?"边说边用手指着。

都朝那边望去。黑暗中,山岩隐隐伫立,冒着烟的火把在夜色中闪烁,有人来回走动,弯着身子。

一个熟悉的年轻的声音在黑影中说:

"是咱们的人和当地居民在收尸。忙了一整天了。"

都沉默不语。

三十

又是烈日当头。又见粼光闪闪的海面与烟蓝色的一脉远山。而这一切都缓缓下沉——公路蜿蜒盘绕,越升越高。

小城如远远散落在山下的微小的白点,渐渐消失在视野中。防波堤好似铅笔画出的细线,勾勒出蔚蓝的海湾。遗落在海面上的格鲁吉亚船只成了一个个黑点,颜色越发幽暗。不能将它们随身带走,真是可惜。

不过,就算没有这些,身上带着的五花八门的物件也足够多了。运走了六千发炮弹,三十万发子弹。剽悍的格鲁吉亚骏马套着黑油油的绳索,拉着十六门格鲁吉亚大炮。格鲁吉亚马车载着各式各样的军用物资——野战电话、帐篷、铁蒺藜、药物;救护车一辆接一辆地走——都载得满满的。只缺一样东西:粮食和草料。

马匹强打精神往前走,饿得直摆头。士兵们勒紧了肚子,却都兴高采烈——每个人腰上都缠着两三百发子弹。他们在白晃晃的灼热烟尘中前进,精神昂扬,一片欢腾,形影不离的苍蝇习惯了行军的步调,随着队伍成群地飞。灿烂的阳光中,齐整的歌声和着脚步声响起:

酒馆的女主人哟，这酒有点少，
　　啤酒少来蜜也少哟……

　　大车、板车、二轮车、篷车，都无止无休地吱嘎作响。孩子们瘦削的小脑袋在红枕头间来回摇摆。

　　徒步的人们依旧戴着鸭舌帽、软塌塌的破草帽和毡帽，手里拄着棍子，女人们穿着破烂衣裙，赤着脚，都在盘山公路间抄小路鱼贯前行，不停地走着。可是再也没人挥着树条赶牲口了——没有牛，没有猪，一只家禽也没剩下，就连狗也饥饿难耐，消失得无影无踪。

　　无尽的长蛇曲曲折折，抖动着环环相套的身子，再次向山中爬去，爬过沟壑、断崖和裂罅，爬向荒凉的山岩，爬向隘口，以便翻过山岭，重新回到草原，回到有粮食和饲料、有自己人等待着的地方。

　　抛下悲哀，挥斥苦难，
　　我们一醉尽欢颜……
　　斗牛士啊，斗牛士，
　　你要勇敢……

　　在城里弄到些新唱片。
　　高不可及的山峰耸入碧空。
　　山下的小城沉落进一片蔚蓝。海岸变得氤氲迷蒙。大海恍如一面蓝色的峭壁陡然耸起，公路渐渐被四周环绕的树梢遮蔽。暑热，烟尘，苍蝇，路旁的碎石和森林，荒凉的林莽，野兽的巢穴。

　　向晚时分，无止无休吱嘎作响的辎重车上传来喊声：
　　"妈妈……饿……给我吃的……吃的！……"

骨瘦如柴的母亲们黑着脸,尖尖的脸颊好似鸟喙一般,只顾伸着脖子,用红肿的眼睛望着越盘越高的公路,在马车旁急匆匆地迈着一双赤脚——面对孩子们的呼喊,她们也无话可说。

越爬越高,林木渐疏,终于,森林被甩在下方。直逼近前的是荒凉的山岩、峡谷、裂罅和崩塌的巨石。每一丝声响,就连哒哒的蹬音和吱嘎的车轮声,都能在四下激起回音,古怪之声在周遭回荡,湮没了人声。间或有马匹倒下,只得绕行。

突然间,暑热退却了,从山顶吹来一阵冷风,一切都黯然无光。紧接着,黑夜骤然降临。乌云泼墨,大雨倾盆而下。不,这不是雨,而是咆哮奔涌的水流,冲得人站不稳脚跟,狂暴的漩涡席卷着飞旋的黑暗。水流从四面八方奔淌过来,顺着破衣烂衫,顺着一绺绺头发往下淌。一时间失了方向,断了联系。人、车、马,都各自挣扎,他们之间仿佛隔着汹涌澎湃的空间,看不见,也不晓得周围是何人何物。

有人被冲走了……有人在呐喊……然而此时此地还能听到人声吗?……水在汹涌,也许是风在咆哮,也许是漆黑的天空在怒吼,也许是山崩地陷……也许,所有的辎重、车、马都被卷走了……

"救人呀!"

"救命啊!……世界末日啊!……"

他们以为自己在呐喊,然而只不过呛了水,在抖动发青的嘴唇罢了。

马匹被奔涌的水流冲倒,早就连车带孩子一同被拽进沟谷,大人们却在空荡荡的地方久久逡巡,以为自己还跟在马车后面。

孩子们钻进湿透了的枕头、衣服下面喊:

"妈妈!……妈妈!……爸爸!……"

他们以为听到是自己绝望的喊声,可这却是奔腾的洪水在咆哮,是看不见的石块从看不见的山岩上滚下来,是狂风用活人般的声音在怒吼,瓢泼大雨依旧不停地倾泻下来。

在这座疯人院指点江山的人突然扯开了巨幕,于是,之前沉没在无边黑夜中的一切,陡然间暴露在幽蓝的战栗之中,剧烈难耐地瑟瑟发抖。曲曲折折的远山、犬牙交错的山岩、塌陷的沟谷、马耳,都在一片刺目的深蓝中抖动,更可怕的是,在这疯狂战栗的天光下,竟然还有死一般沉寂的东西:沉寂的是斜掠长空的水柱,是泡沫飞溅的洪流,是提膝待步的马,是迈开半步的人,是张开着的、欲言又止的黑洞洞的嘴,是湿漉漉的枕头间孩童那发白发青的小手。这一切都在痉挛的颤抖中默然不语,寂然不动。

这死一般的幽蓝的战栗持续了一整夜。而天幕以同样出其不意的速度瞬间闭合之时,仿佛一切不过是须臾之间。

庞大的夜吞噬了万物,遮蔽了这场群魔乱舞的盛宴。刹那间山崩地裂,从地底滚来隆隆之声,庞大的黑夜也容纳不下这样的巨响,便迸裂成许多浑圆的碎块,一边爆裂,一边向四面八方滚去,声势越发浩大,隐没在夜色中的峡谷、山林、沟壑都充斥着回声。人们几乎都被震聋了,孩子们一动不动地躺着,如死了一般。

在这奔涌的洪流中,在这迅忽闪烁的蓝光中,在这持续不断的隆隆巨响中,辎重、部队、大炮、弹药箱、难民、两轮车,一切都静止下来——已筋疲力尽,动弹不得。一切都停在原地,将命运交付给咆哮的风雨雷电和急剧颤抖的死亡之光。湍急的水流没过了马的膝盖。肆虐的狂夜啊,真是无尽无休。

第二天清晨又是艳阳高照,碧空澄澈如洗,岚气氤氲,山色如烟。唯有人身上一片漆黑,瘦若枯骨,眼窝深陷,和拉车的马一同使劲,耗尽了最后一丝力气。马骨瘦嶙峋,突起的肋骨清晰可数,皮毛被冲刷得干干净净。

柯茹赫接到报告：

"是这样，柯茹赫同志，三辆马车连车带人冲到山涧里了。一辆二轮车被山上滚下来的石头砸碎。两个人被闪电劈死。第三连有两个人失踪。几十匹马都倒了，在公路上横得到处都是。"

柯茹赫看着洗刷得干干净净的公路，看着壁立如削、层层叠叠的岩石，说：

"不能停下来宿营，继续前进，必须日夜兼程！"

"马撑不住了，柯茹赫同志。一点儿草料都没有。过森林的时候还能喂几片叶子，可这会儿，都是光秃秃的石头。"

柯茹赫沉吟片刻。

"继续前进！一旦停下，所有的马都会完蛋。写命令吧。"

如此美妙、如此清新的山间空气，若是能呼吸一下该多么好，可成千上万的人全然顾不上呼吸，只是沉默地盯着脚下，随着马车和大炮，在路边迈着步子。骑兵都下了马，拉着身后的缰绳，把马匹向前拽。

周围尽是光秃秃的岩石，层峦叠嶂，一片荒凉。狭长的裂罅，幽暗逼仄。沟壑似无底深渊，对行人虎视眈眈。荒寂的峡谷云雾缭绕。

吱嘎的马车声、轧轧的车轮声、哒哒的马蹄声、轰隆声、铁器的哗然之声一刻不宁，在幽暗的山岩、裂隙和峡谷中回荡。周遭传来千百次回声，与这声音一同汇成经久不息的森然怒吼。所有人都默不作声地走着，即便有人发出声嘶力竭的呐喊，这人声还是会杳无痕迹地沉落到绵延数十俄里、吱嘎作响、呼号不断的行走的喧嚣之中。

孩子们都不哭了，也不讨要面包，只是在枕头上摇着苍白的小脑袋。母亲们不哄，不逗，不喂食，只顾跟着马车向前走，用狂乱的眼神盯着无穷无尽、盘旋入云的盘山路,双目枯涩。

一旦有马停下,不可遏制的恐惧便随即疯狂袭来。所有人都似狂暴的野兽般扒住车轮,用肩抵着,怒不可遏地挥着鞭子,用非人的声音呐喊着,然而一切紧张和歇斯底里,都被那千百次回音激荡、千百次回环往复的无穷无尽的车轮声,不紧不慢地安然吞噬了。

马迈了一两步,打了个趔趄,轰然倒地,扯断了车辕,再也站不起来了。马伸直了四蹄,龇出牙齿,生命之光在紫色的眸子里熄灭了。

孩子们被抱下车。大一点的被母亲拍着打着,催促着往前走;小一点的则抱在手上,背在背上。若是家里孩子太多——若是太多的话,就把一两个最小的丢在一动不动的马车上,瞪着干涩的眼睛,头也不回地离去。后面的人,也看都不看,只顾慢慢地走,行进的马车绕过静止的马车,活马绕过死马,活着的孩子绕过同样活着的孩子,而无止无休、千缠百绕的吱嘎声,将此情此景安然吞噬。

一个抱着孩子走了好几里路的母亲,终于开始踉踉跄跄,两腿瘫软,周围的公路、马车、山岩都似乎漂浮起来。

"不⋯⋯不走了。"

她在路边的碎石堆上坐下,望着、摇着自己的孩子,马车无穷无尽地从旁边驶过。

孩子张着干巴巴的、发黑的小嘴,一动不动地睁着浅蓝色的眼睛。

她绝望地说:

"没有奶了,我的心肝,我的小亲亲,我的花骨朵⋯⋯"

她疯狂地亲吻自己的孩子,亲吻自己的生命,亲吻自己最后一丝欢乐。可双眼却是那样枯涩。

发黑的小嘴一动不动,眼睛蒙上了一层乳白的雾,一动不动地睁着。她把这可爱而无助的孩子抱在怀里,把冰冷的小嘴按向自己的胸脯。

"我的小亲亲,你终于不再受罪了,不再受苦等死。"

怀里抱着的小身体渐渐冰冷。

扒开碎石,将自己的宝贝放进去,从脖子上摘下贴身的十字架,将汗水浸透的细绳套过那沉甸甸的、僵冷的小脑袋,埋起来,无休止地画着十字。

人们目不斜视地从旁走过。马车势不可挡地隆隆碾过,千万种人声,千万次饥肠辘辘、吱嘎作响的回声在这贫瘠的荒岩间回荡。

骑兵都下了马,跟着先头部队,在前边很远的地方走着,粗暴地扯着缰绳,拉着寸步难行的马,马耳朵都像狗耳朵一样耷拉着。

天气越来越热。大群的苍蝇,雷雨时消失得无影无踪,都在马车下边的梁木上躲着,此时却像乌云般飞舞起来。

"嘿,小伙子们!你们干吗跟偷了肉的猫似的耷拉着尾巴。唱支歌吧!……"

谁也没应声。依旧牵着马,没精打采地慢慢走着。

"哈,妈的一群废物!让留声机唱起来,哪怕唱支小曲儿……"

说着摸向那个装唱片的口袋,随手拽出一张,挨个辨认上面的字迹:

"布……布布……布……伊……勃伊……姆,比姆……勃勃……比姆——勃姆……什么玩意儿?……可可……乐乐……可乐……翁……可乐——翁……逗乐的小丑哇……这个好!来,唱一个。"

他给系在马褡子上的摇摇晃晃的留声机上了弦,装上唱片,放了起来。

一瞬间,他的脸上现出由衷的惊愕,随后眼睛眯成一条缝,嘴巴咧到了耳根,牙齿闪闪发光,接着,爆发出一阵富有感染力的大笑,声音越来越高。留声机的喇叭筒里迸发出来的不是歌声,而是令人惊愕的哈哈大笑。笑的人有两个,一会儿你笑,一会儿他笑,时而又如同唱双簧一般。笑声格外匪夷所思,时而异常尖细,活像胳肢小孩子时的咯咯笑声,时而又低得好似牛叫,把周遭震得直颤。他们哈哈大笑,笑得手舞足蹈,喘不过气来;笑得仿佛歇斯底里、满地打滚的女人;笑得如此癫狂,简直笑破了肚皮;笑得几乎无论如何都停不下来。

周围赶路的骑兵们望着这个怪异、癫狂、用千奇百怪的腔调笑个不停的喇叭筒,终于也微笑起来。笑声在队伍里传开了,后来竟一发不可收,他们自己也学着喇叭筒里的腔调哈哈大笑,笑声越来越大,在队伍中荡漾开去,越传越远。

笑声传到慢吞吞走着的步兵那里,于是那边也笑了起来,笑得没头没脑——这里根本听不见留声机,显然是被前面队伍的笑声激起来的。而这笑声也势不可挡地向后滚去,传到后方。

"他们干吗都乐个不停呢?莫不是中邪了?"说着,自己也开始笑,手臂直摆,脑袋直晃。

"因为他老子的尾巴戳到鼻孔里去了……"

全体步兵哈哈大笑,辎重队在哈哈大笑,难民在哈哈大笑,母亲们眼里噙着疯狂的恐怖,也在哈哈大笑,那绵延十五俄里长的队伍透过经久不绝、饥肠辘辘的轧轧的车轮声,穿过贫瘠的荒岩,全都在哈哈大笑。

这笑声传到柯茹赫耳中,他瞬间白了脸,接着面色蜡黄,黄得像短皮袄的鞣皮。行军途中,他这样面色苍白还是头一次。

"怎么回事?"

副官忍住袭来的笑意,说:

"鬼知道他们怎么回事!发疯了吧。我马上去了解一下。"

柯茹赫从他手中夺过马鞭和缰绳,笨拙地跨上马,狠狠抽打着马肚子。骨瘦如柴的马夯拉着耳朵慢慢走着,鞭子把它抽得皮开肉绽。它艰难地小跑起来,周围回荡着哈哈的笑声。

柯茹赫感到自己的脸颊在抽动,他牙关紧咬,终于到了笑得前仰后合的先头部队跟前。他大骂一通,挥起鞭子向留声机抽去。

"闭嘴!"

被抽坏的唱片吱嘎一声便没了声响。这沉寂在队伍中散开去,吞没了笑声。只剩下那无止无休、千回百转的轧轧声、噼啪声和隆隆声,简直要把人逼疯。饥饿的峡谷,犬牙交错的黑黝黝的怪石,都纷纷向后退去。

有人说:

"隘口!"

公路转了个弯,向下方盘旋而去。

三十一

"他们有几个人?"

"五个。"

森林、天空和远山,在一片荒凉和暑热之中隐隐浮现。

"全都在一块儿吗?"

"在一块儿……"

一个骑兵侦察队的库班人满脸是汗,话没说完,被马勒了一下,栽到马鬃上——那马肚子上大汗淋漓,拼命赶着苍蝇,晃着脑袋,试图把缰绳从主人手里挣脱。

柯茹赫与车夫、副官一同坐在马车上,他们脸色黑红,仿佛刚从澡堂出来,被煮透了似的。四下无人。

"离公路远吗?"

库班人拿马鞭向左指了指:

"大约十几俄里,不出十五俄里,在小树林那边。"

"那边有拐弯的小路吗?"

"有。"

"看到哥萨克没有?"

"没,没有。咱们的人往前走了二十多里路,哥萨克连影儿都没有。听村里人说,哥萨克在三十多里外的小河边挖战壕呢。"

柯茹赫蜡黄的脸忽然镇定下来,他抖动着脸上的肌肉,仿佛之前这张脸如煮熟的肉般瘫软的那一幕并不存在。

"拦住先头部队,叫他们拐到小路上,让各个团、全部难民和辎重先过去!"

库班人在马鞍上微微弯下身子,以免被误解为以下犯上,说道:

"弯路拐得太大……天太热……没吃的……会死人的。"

柯茹赫的小眼睛盯着暑气中颤抖着的远方,眼眸变成了灰色。三天三夜了……人们脸颊凹陷,眼中闪着饥饿的光。三天三夜没吃东西。群山被甩在身后,可还是得拼命向前走,走出这荒凉的山麓,走到镇上,吃饭,喂马。还得加快脚步,不能给哥萨克在前方修筑工事的机会。一分一秒都不能耽搁,不能错过这条十俄里、十五俄里长的弯路。

他看了看年轻的库班人那张因饥饿和炎热而变得黑沉沉的脸,眼睛射出钢铁般的光,从牙缝中挤出一句话:

"让军队拐到小路上,其他人从跟前过去!"

"是。"

他正了正头上被汗水浸湿了的羔皮圆帽,挥起马鞭,朝那无辜的马抽了一下,马立刻活跃起来,仿佛这难耐的暑热、这黑云般的牛虻和苍蝇都不存在似的,欢跳着,转了个身,欢快地朝公路奔驰而去。可公路也不见了踪影,只有无边无际的灰白烟尘的旋涡,尘雾腾起,漫过了树梢,一望无际地向后方弥漫,消逝在群山之中。不过仍能感觉到,滚滚烟尘中,有成千上万的饥肠辘辘之人挪着步子。

柯茹赫的马车连木头都晒得烫手,终于开动了,那灼热难耐的哗然之声也跟着滚动起来。晒得滚烫的机枪从座位后面瞭望着。

库班人走进了那片一望无际、汹涌翻滚、令人窒息的尘雾。什么也分辨不清,可是能听见七零八落的队伍那疲惫、纷杂、凌乱的脚步声,听见骑兵的马蹄声和轧轧的车声。滚滚的汗水阴郁地映着一张张晒得黝黑的脸。

早就没了欢声笑语,只有沉重的静默四处飘荡,与周围的一切融为一体。就在这里,在这灼热难耐的静默中,依旧是那疲惫不堪、仿佛煮透了似的凌乱的脚步声、哒哒的马蹄声和轧轧的车轴声。

马乏力地垂着耳朵,无精打采地走着。

孩子们的小脑袋从马车这头晃到那头,牙齿闪着黯淡的白光。

"渴……喝水……"

令人窒息的白雾四处飘荡,笼罩了一切。尘雾之中看不到行走的队伍,看不到前进的马匹和吱嘎作响的辎重车。或许这既非暑气,也非飘荡的白雾,而是彻头彻尾的绝望,没有希望,没有念想,只有无路可逃的命运。当他们走进山海之间那狭窄的一线天时,有些东西一路如影随形,似钢铁般将他们紧紧维系在一起,可现在,一切都轰然崩塌,他们挨着饿,赤着脚,精疲力竭,衣衫褴褛,连太阳也在为他们送葬。而前方,哥萨克军团和嗜血的将军正酒足饭饱,挖好战壕,万事俱备,虎视眈眈。

库班人在这一片沉默、吱嘎作响、令人窒息的尘雾中前行,只能凭着喊声去分辨哪部分人在哪个方位。

灰蒙蒙的雾气时而消散开来,山丘起伏的轮廓在一线亮光中颤抖,林莽苍苍,晴空涌出一线蔚蓝,日光肆虐,疯狂地照在士兵们热辣辣的脸颊上。于是又见队伍慢吞吞地爬着,杂沓的脚步声、纷乱的马蹄声、辎重车吱嘎作响的调子和那无边的绝望又将一切都遮蔽起来。道路两旁,透过飘飞的烟尘,隐约看见乏力的人们在路边坐着,躺着,仰着头,张着干巴巴、黑洞洞的嘴,苍蝇成群飞舞。

库班人在人马中间乱撞,赶上了先头部队,在马鞍上微微弯下身子,同指挥员讲了几句。指挥员皱起眉头,瞅了瞅赶路的士兵朦朦胧胧、若隐若现的身影,停住脚步,用一种陌生的沙哑嗓音下令道:

"全团停止前进!……"

沉闷的烟雾好像棉絮似的,瞬间将他的话吞噬了,不过事实上,声音已传到了该传的地方,越传越远,越来越弱,接着,高高低低的声音都喊了起来:

"全营,停止前进!……连队……停!"

从很远的地方传来勉强可辨的声音,又缥缈地消逝了:

"……停!……"

先头部队隆隆的脚步声停了,这停滞扩散得越来越远,在凝滞下来的灼热的茫茫烟尘之中,瞬间降临的不只是沉默,而且是寂静,是蓄着无尽疲惫和无情暑热的巨大的沉寂。接着,这沉寂突然间被无数擤鼻子的声音所取代,人们咳嗽着,咳出呛进喉咙里的灰尘,骂骂咧咧,拿树叶和干草卷烟吸。灰尘缓缓地沉落下去,人面、马脸、马车,渐渐露了出来。

有的坐在路边,坐在沟沿上,把刺刀夹在两膝之间。有的在灼人的烈日下仰面朝天,直挺挺地躺着,一动不动。

马有气无力地站着,耷拉着脑袋,不再驱赶贴在身上的黑压压的蝇群。

"起来!……喂,站起来!……"

全都纹丝不动。挤满了人、车、马的公路也同样一动不动,仿佛人们变成了一堆浸满暑气的石头,再也抬不动了。

"起来呀……他妈的……鬼东西!"

人们好像被判了刑,三三两两地站起来,不排队,也不等命令,步枪扛在肩上,瞪着一双通红的眼睛,自顾自地走了。

沿着公路、路边和斜坡七零八落地走。马车又开始吱嘎作响,不计其数的苍蝇黑压压地乱舞。

晒得焦黑的脸,闪闪发光的眼白。毒太阳底下,都拿了牛蒡叶子、树枝当帽子戴,或用干草胡乱编了编,顶在头上。裂着口子的黑漆漆的赤脚迈着步子。有的像黑奴似的,光着黑黝黝的身子,只留几块破布条遮羞,像流苏似的,来回乱摆,干枯瘦削的肌肉从黑皮肤下面鼓出来。他们向前走着,仰着头,扛着枪,眼睛眯得窄窄的,大张着干渴的嘴。这帮蓬头散发、衣衫褴褛、皮肤发黑、赤身露体、喧然作响的乌合之众,身后跟着暑热,跟着饥饿与绝望。白茫茫的烟尘再次颇不情愿地、疲惫地扬起来,绵延不绝、尘雾缭绕的公路从山顶向着草原蜿蜒而去。

突然传来一声出人意料的怪异的叫喊:

"向左转!"

而且,每当有新的部队走过来时,都会莫名其妙地听到:

"向左转……向左……向左!……"

起初都很诧异,后来便欢呼雀跃,成群地跑上这条小路。这是一条石子路,没有灰尘,一切都历历在目,部队急促地拐着弯,骑兵下了坡,辎重车、二轮车吱嘎作响地走下来,笨重地晃来晃去。远方的视野开阔起来,浮现出小树林和幽蓝的群山。烈日在蒸腾的暑气中痉挛般的颤抖。黑压压的蝇群也转了弯。缓缓沉落的烟雾和令人窒息的静默留在了公路上,这条小路则洋溢着惊叹声和欢声笑语:

"咱们这是去哪儿?"

"没准儿是往森林里走,好歹润润嗓子,都干得冒烟了。"

"脑瓜子真好使!……森林里给你备下了毛皮褥子,等你钻被窝呢。"

"连小甜饼都烤好了呢。"

"带黄油的……"

"抹着奶油呢……"

"抹着蜂蜜……"

"还有凉丝丝的大西瓜……"

那个骨瘦如柴的高个子穿着破破烂烂、被汗水浸湿了的燕尾服,残留的几寸花边脏兮兮地摆动着,里面的东西露了个精光,他气哼哼地吐了口黏痰,说:

"得了吧,狗东西……闭嘴吧!……"

说着,恶狠狠地紧了紧皮带,把肚皮勒到肋骨下面,气势汹汹地把沉重的步枪换到另一个肩上。

笑声惊动了飞舞着的密密麻麻的蝇群。

"奥帕纳斯,你干吗遮着屁股,倒把前边的东西全露出来了?把屁股上的布条往前抻一抻,要不,镇子上的婆娘不给你甜饺子吃,看见你这副德行都把脸扭过去啦。"

"呵——呵——呵……哈——哈——哈……"

"弟兄们,确实该休息休息了。"

"可这边什么镇子都没有,我清楚得很。"

"瞎说什么呢。瞧,那不是公路上过来的电线杆吗。不通到镇上,还能通到哪儿呢?"

"喂,骑兵们,你们吃白饭的吗,还不唱一个。"

从马背上,从捆在马褡子上的摇摇晃晃的留声机里,传来一个嘶哑的声音：

> 哪里，哪里……呲……呲……你往哪里去……
> 呲……呲……春天啊……

歌声在暑气中，在黑压压、嗡嗡作响的蝇群中，在筋疲力尽却兴高采烈的人群中回荡。这群人满身汗水，风尘仆仆，衣衫褴褛，赤身露体，而太阳残酷无情，日光肆虐。双腿仿佛灌满了滚烫的铅水，勉强向前移动。不知是谁用干巴巴的男高音唱了起来：

> 女——主——人心——里——清呀……

唱了一句便住了声——嗓子干透了。于是，有人用同样热得发哑的声音应和着：

> ……莫斯科佬，你要啥，
> 只等那大鼓咚咚响……

一张张发黑的脸快活起来，于是处处传来应和之声，嗓门有粗有细，声音嘶哑，却很是齐整：

> 等那鼓声响起，
> "光荣属于你啊，上帝！"
> 接着对莫斯科佬说：
> "甜饺子，可不可以？"
> 莫斯科佬乐得直蹦，

等都等不及：

"甜饺子哟,甜饺子!"

叫唤着跑出小屋……

凌乱纷杂的沙哑声音在人群上空久久回荡：

甜饺子哟!……甜饺子!……
……哪儿去,哪儿去了哟……我的春光
我的黄金年代……

"哎,瞧,是头儿!"

所有人从旁经过的时候都转过头去盯着看。是啊,他还是老样子：个头不高,又矮又壮,头戴脏兮兮、软塌塌的破草帽,好似一朵蘑菇。他站在那儿,望着他们。汗透了的军便服破破烂烂,耷拉着领口,露出满是汗毛的胸膛。裤脚破成了布条,向下垂着,一双破靴子,露着裂了口子的脚。

"兄弟们,咱们头儿活像个强盗,要是在森林里遇见了,准得躲着走。"

大伙儿都怀着爱戴之情,笑呵呵地望着他。

而他任由这凌乱、散漫、乱哄哄的人群从面前慢悠悠地走过去,一对明察秋毫的小眼睛熠熠闪光,在铁面上泛着幽幽的蓝色。

"确实是……乌合之众,一帮流寇悍匪,"柯茹赫想,"一旦与哥萨克打上照面,全都得完蛋……乌合之众!……"

哪里……你往哪里去……呲……呲……
……甜饺子哟!……甜饺子!……

"怎么回事？怎么回事？"人群中一片交头接耳，盖过了"哪里，哪里……"和"甜饺子……"的声音。

墓穴般的死寂。只能听见沉重的脚步声。所有人的头都转向同一边，所有人的眼睛都盯着同一个方向——电杆排成一条直线，朝着那个方向延伸，越缩越小，缩成一根根细铅笔杆，消失在颤抖的暑气之中。近处的四根电杆上，一动不动地吊着四个赤身裸体的人。黑压压的苍蝇密集地攒动，飞舞。四人低着头，仿佛在用年轻的下巴紧紧按住勒在他们身上的绳结，露着牙齿，眼珠已被啄去，眼窝成了幽黑的孔洞。啄破的肚子里流出黏绿的内脏。骄阳似火。黑乎乎的皮肉被枪通条抽出许多裂口。乌鸦飞起来，落在电杆顶上，斜着身子俯瞰着大地。

四个人，而第五个……第五根电杆上吊着的是个姑娘，被割掉了乳房，浑身赤裸，皮肤发黑。

"全团停止前进！……"

第一根电杆上钉着一张白纸。

"全营停止前进！……连队停止前进！……"

命令越传越远，传遍了整个队伍。

从这五个人身上飘来沉默和充满甜腥味的臭气。

柯茹赫摘下软塌塌的破帽子。所有戴帽子的人都将帽子摘下。没有帽子的便取下缠在头上的稻草、草叶和树枝。

骄阳似火。

一股臭气，充满甜腥味的臭气。

"同志们，拿过来。"

副官把死尸旁边的白纸从电杆上扯下来，递给柯茹赫。柯茹赫牙关紧咬，从牙缝里挤出一番话。

"同志们，"他挥了挥这张纸，纸片在阳光下闪着刺目的白光，

"是将军传达给你们的。波克罗夫斯基将军写道:'迈科普工厂的五人死刑示众,凡与布尔什维克有一丝牵连者,一律以此为例,处以极刑。'"说罢咬紧了牙关,沉吟片刻,补充一句:"这是你们的兄弟和……姐妹。"

说罢再次咬紧牙关,不再发话——已经无话可说了。

千万双闪亮的眼睛一眨不眨地盯着。一颗非同寻常的巨大心脏在跳动。

黑色的液体从黑洞洞的眼窝滴落下来。飘来阵阵臭气。

蒸蒸暑气与蝇群尖细的嗡嗡声都消失在这片沉默之中。唯有墓穴般的死寂和甜腥刺鼻的臭气。滴答,滴答……

"立正!……齐步走!……"

沉重的脚步声瞬间打破了寂静,均匀而齐整地响彻了暑气腾腾的山野,仿佛是一个无比高大、无比沉重的巨人在走路,一颗非同寻常的巨大心脏在跳动。

脚步声激起沉重的回音。走着走着,便不知不觉加快了脚步,步子越迈越大。日光肆虐。

第一排右翼一个蓄着黑色小胡子的人踉跄了一下,步枪掉在地上,扑通一声倒了下来。脸涨得通红,脖子上青筋暴起,眼珠充血,红得像肉块,翻了出来。阳光依旧肆意地照着。

没有人被倒下的身躯绊住脚,也没有人停下——所有人都把步子迈得更大,走得更匆忙,目不斜视地赶路,闪闪发光的双眸盯着前面,盯着暑气蒸蒸的远方。

"卫生员!"

赶来一辆二轮车,把人抬起来,放在车上——这人是中暑了。

过了一会儿,又倒下一个,接着倒下两个。

"二轮车!"

下了命令:"戴帽!"

有帽子的赶紧用帽子遮住脑袋。有的撑起了女阳伞。没有遮盖的,便从路边扯了干草叶,缠在头顶上。还有的边走边从身上扯下汗漉漉的、满是灰尘的破布,或者扒下裤子,撕成碎片,当作头巾,像女人似的围在头上。全都大步流星向前走,沉重的脚步声隆隆作响,赤脚扑朔,脚步声中,公路向后飞逝。

柯茹赫坐在马车上,想赶上先头部队。由于天热,车夫的眼睛鼓得像螃蟹,他赶着马,鞭子抽在马身上,留下一道道汗印子。马大汗淋漓,一个劲儿往前跑,却怎么也赶不上——沉重的队伍越走越快,步子越迈越宽。

"他们怎么回事,疯了吗?……窜得像兔子一样快……"

说着又挥起鞭子,朝筋疲力尽的马身上抽下去。

"不错啊,孩子们,不错……"柯茹赫望着他们,低压压的眉骨下方,一双眼睛发出钢铁般的蓝光,"这样下去,一个昼夜就能走七十俄里……"

他下了车,也走了起来,大步流星,生怕落在后面,随后隐没在急急前行、无穷无尽的沉重的队伍之中。

光秃秃、孤零零的电杆远远地消失在后方。先头部队向右转弯。一走上那荒凉的公路,便又腾起恼人的烟尘,遮天蔽日,令人窒息。什么也看不见了。只有沉重的脚步声,如庞然大物般均匀、齐整地充斥在滚滚尘雾之中。烟尘向着前方汹涌而去。

而那些落在身后的电杆,又有一队接着一队的人走到近前,纷纷驻足。

墓穴般的寂静好似雾气袭来,吞噬了周围的声响。指挥员读着将军留下的纸条。千万双闪亮的眼睛一眨不眨地盯着,心脏以同样的节拍在跳动,一颗空前巨大的心在跳动。

那五人仍旧一动不动。绳索下发黑的皮肉裂着口子，露出白骨。

乌鸦栖在电杆顶上，歪着脑袋，用闪闪发光的眼睛俯瞰着大地。被暑热炙烤着的腐肉散发出浓重的、令人作呕的甜腥气味。

后来响起齐整的脚步声，越来越快。没有人下令，却在不知不觉中逐渐排成沉重而密集的队列，径自向前走，光着头，忘记了骄阳酷暑，既看不见排成直线向后飞逝的电杆，也看不见那些其短无比的、浓黑的正午的影子，只顾痛苦地眯起眼睛，如炬的目光盯住远方颤抖的暑气。

下了命令："戴帽！……"

沉重而齐整的队伍走得越来越快，步子越迈越宽，随后向右转，上了公路，烟尘吞噬了一切，随着他们的脚步滚滚而去。

成千上万的人匆匆走过。已经没了排、连、营、团之分，有的只是一个庞大的、无名的整体。无数的脚步在走着，无数的眼睛在望着，无数的心一同跳动，汇聚成一颗不可估量的巨大心脏。

万众如一，目不转睛地盯着暑气腾腾的远方。

狭影横斜。身后的群山一脉幽蓝，烟雾迷蒙。倦怠的斜阳变得柔和、无力，沉入了地平线。板车和大车，载着孩子和伤员，沉重地前行。

时而停下片刻，有人说：

"这是你们的兄弟……将军们干的好事……"

随后又向前移动，留下轧轧的车轮声。只有孩子们战战兢兢地交头接耳：

"妈妈，夜里死人不会来找咱们吗？"

女人们画着十字，用衣襟拭着鼻涕，擦着眼睛：

"咱们这些可怜的兄弟……"

老人们跟着马车惶惶不安地走着。渐渐地,万物都模糊了身影。电杆已经看不见了,只见一些巨物矗立在黑暗中,直插苍穹。夜空已是繁星闪烁,然而这不计其数的星斗并未带来一丝光明。仿佛有黑漆漆的群山围拢过来,然而只是些斜坡罢了,群山早就被夜幕遮蔽,周围是一片陌生的平原,神秘而朦胧,潜藏着一切未知的可能。

传来一声女人的尖叫,幽幽的叫声与这夜色一样晦暗,仿佛闪烁的星光都瞥向了同一个方向。

"啊——呀——呀……为什么要对他们做这些恶事!……这群野兽……真是疯了……救救他们吧,好心人……瞧瞧他们呐!……"

她抓住电杆,抱住死尸那冰冷的腿,将年轻的、蓬乱的头发贴在上面。

几双强壮的手臂将她从电杆前拽开,拖到马车上。她像蛇一般挣脱开来,又一次扑上去,紧紧抱住,连那繁星闪烁的天空也在惊惧之中狂乱地旋卷起来:

"……你们的妈妈在哪儿?你们的姐妹在哪儿?!你们怎么不好好活着……你们的亮眼睛去哪儿了?你们的力气去哪儿了?你们可爱的声音呢,怎么不说话?……唉,可怜的人啊!唉,不幸的人!谁也不来为你们哭,谁也不替你们伤心……谁也不为你们落泪……"

人们再次抓住她,她奋力挣脱,于是那狂乱的夜再次旋卷起来:

"为什么要这样作恶……把我儿子吃了,把斯捷潘吃了,把你们也吃了。把所有人都一口气吞掉了,连血带肉……你们吃吧,把你们噎死,人骨头、眼珠、脑浆塞满你们的肚子……"

"呔!! 还不醒醒……"

马车一刻不停地轧轧向前。她的那辆马车也离去了。人们抓着她,她挣扎着,于是又没了喊声,而黑暗狂乱地咆哮,夜疯狂地翻卷。

后卫队经过的时候,才用力擒住了她,绑在最后一辆马车上。都离去了。

荒寂无人,飘荡着腐臭的气息。

三十二

哥萨克在公路的出山口贪婪地等待。自从叛乱之火烧遍了整个库班，布尔什维克的部队在哥萨克兵团、志愿军军队、士官生面前节节败退。无论何处都无法久留，无力防守，更抵挡不住将军们的猛烈进攻，于是一城接一城，一镇接一镇地拱手相让。

早在叛乱之初，就有一支布尔什维克部队冲出了叛军铁一般的重围，成千上万的难民驾着成千上万的马车，汇成纷乱扰攘的庞大的一群，沿着山海之间的夹道蜂拥而去。他们跑得飞快，根本来不及追赶，而现在，哥萨克军团埋伏起来，等着他们落网。

哥萨克得到情报，说这帮匪徒如洪流般翻山越岭，劫掠而来的财宝不计其数——金子、宝石、衣物、留声机、大量武器、军用物资，可他们却破衣烂衫，科头跣足，显然是过惯了无家可归的生活，摆脱不了这股游民习气。哥萨克从将军到士兵，都垂涎三尺，急不可待。这一切的一切，一切财富，所有珍宝，都将势不可挡，自动流入他们的掌心。

邓尼金将军委托波克罗夫斯基将军在叶卡捷琳诺达尔整编一支部队，将这伙下山的流寇一网打尽，不留一个活口。波克罗夫斯基整编了一个军团,装备精良,沿着白河将去路截断。白河因雪白的浪花而得名,一路泡沫飞溅,奔流出山。此外,还派出一支队伍去前方迎敌。

哥萨克潇洒地歪戴着毛皮高帽,骑着膘肥体壮的骏马兴高采烈地前行,马儿摆着头,简直想要挣脱缰绳。雕花的武器铮铮作响,在阳光下熠熠生辉。束着腰带的切尔克斯袍衣襟飘摆,分外齐整,毛皮高帽上的饰带泛着耀眼的白色。

他们唱着歌经过一个个集镇,哥萨克女人们箪食壶浆,犒劳自己的士兵,老人们则搬出一桶桶美酒。

"你们抓个布尔什维克给我们看看,哪怕一个也好,就看上一眼,要新鲜的,刚从山里抓来的。"

"保证把他们都赶来,你们就准备绞架吧。"

哥萨克擅狂饮,也擅杀戮。

远处腾起一片白茫茫的烟尘,遮天蔽日。

"啊哈,他们来了!"

他们来了——衣衫褴褛,浑身黝黑,破布条在身上晃晃荡荡,干草和草叶当作帽子缠在头上。

哥萨克正了正毛皮帽子,呛啷一声抽出寒光闪闪的马刀,身子俯向鞍头,快马飞奔,双耳生风。

"杀啊!"

"乌拉!……"

一两分钟内,发生了骇人听闻的奇事:哥萨克策马飞驰而来,两军厮杀,刹那间又疯狂地从马背滚落,砍破了帽子,砍断了脖子,还有的连人带马当场被刺枪挑起。余下的哥萨克策马回身,逃之夭夭,身子紧贴着马背,几乎望不见人影,耳畔的风声响得更厉害了,呼啸的子弹将他们纷纷打落马下。这群该死的赤脚土匪一路狂追，追了两俄里、三俄里、五俄里、十俄里——所幸他们的马早就疲惫不堪，才有了唯一一线生机。

哥萨克穿过集镇，逃命去了，这批新的闯入者则开始劫掠精壮马匹，不能一下子从马厩里赶出来的，便左右开弓，挥刀乱砍，之后继续追击。许多镶着白饰带的哥萨克毛皮高帽，在草原上乱滚；蓝幽幽的土岗上，残梗枯黄的田野上、小树林中，遍布着身穿切尔克斯袍、乌银带子束腰的尸首。

哥萨克飞奔到埋伏在战壕中的前哨时，才算摆脱了追击。

可那群赤脚裸身的下山的土匪，还在使出九牛二虎之力，在自己的骑兵连后面紧追不舍。于是大炮轰鸣，机枪扫射起来。

然而柯茹赫不愿在白天摆开阵势，他知道敌人有很大优势，因此不愿暴露自己的兵力，只等天黑再展开进攻。天黑下来的时候，白天那一幕再次重演：冲向哥萨克的不是人，而是魔鬼。哥萨克将他们砍杀、刺死，用机枪将他们成堆撂倒，可人数越来越少的反而是哥萨克，大炮喷着长长的火舌，越来越弱，枪声渐疏，步枪的射击声也渐渐听不见了。哥萨克倒了下去。

哥萨克溃不成军。可黑夜也不能将他们拯救：哥萨克成排地倒在马刀和刺枪之下。于是四散奔逃，作鸟兽散，丢下大炮、机枪和炮弹，连夜逃进树林、山谷，自始至终都不明白，朝他们杀过来的是一群怎样的恶魔。

当太阳从草原的长丘后面投下长长的光束，无边无际的草原上散落了许多黑胡子的哥萨克：不是伤员，也不是俘虏——全都一动不动。

在后方，在辎重队和难民中间，一堆堆篝火烟气腾腾，锅里煮着饭，马在咀嚼干草和燕麦。远处传来隆隆炮响，谁也不在意——都已经习以为常。只有炮声息了的时候，才会有人从前线回来——或是传达命令的骑兵通讯员,或是饲料管理员,或是偷偷跑回来探亲的小兵。这时,面色发黑、形容疲倦的女人们便从四面八方朝他扑来,抓住马镫,拉住缰绳:

"我家的怎样了?"

"我家的呢?"

"还活着吗?"

一双双眼睛满是祈求,满含恐惧和希望。

而来人骑着马一路小跑,轻轻挥动鞭子,对着迎面而来的问询者左一言、右一语地说:

"活着……活着呢……受伤了……受伤了……死了,马上就运回来……"

他跑了过去,身后的人有的欣喜,如释重负地画着十字,有的大放悲声,有的"啊"了一声便昏然倒地,人们把水淋在她身上。

伤员运回来了——母亲、妻子、姐妹、未婚妻、邻居便前去照料。死者运回来了——便纷纷捶胸哀号,远远地就能听见那涕泗横流的哀泣和恸哭。

骑兵们已经去叫神甫了。

"好像埋牲口一样,没有十字架,也没有神香。"

可神甫装腔作势地说头疼。

"啊,头疼……不想来呀……给你治治怎样,把你的屁股修理一顿。"

于是扬起马鞭,一下,两下——神甫霍地蹦起来,慌了神。吩咐他换上法衣。于是把头钻进领口,穿上镶着金银饰带的黑色法衣,衣角铺散开来,活像套着一个圆箍,最后套上同样花色的黑长巾,把乱糟糟的长发从法衣里抻出来。然后吩咐他带上十字架、香炉和神香。

助祭和诵经员也被赶了来。助祭是个醉醺醺的大个子,同样一袭丧服,黑衣上镶着金银饰带,满脸通红。诵经员是个干瘪的瘦子。

收拾停当。三人被押着上了路。马一路小跑。神父、助祭和诵经员忙不迭地跟着。马摆着头,骑手摇着鞭子。

辎重队后面,花园旁边的墓地里,已经麇集了无数百姓。都远远地望着,瞧见人影便喊:

"瞧,把神甫赶来了。"

女人们画起了十字:

"谢天谢地,这样下葬才像样。"

士兵们则说:

"瞧,助祭和诵经员也被赶过来了。"

"助祭可真体面,肚子鼓得跟公猪似的。"

来人急匆匆地跑近了,大气也顾不上喘,汗水流得像小溪。

诵经员手脚麻利地点上了神香。死者双手叠在胸前,一动不动地躺着。

"万福的主啊……"

助祭乏力地轻声低吟,诵经员则像说绕口令似的用鼻音小声哼着:

"圣主,可靠的圣主,永生的圣主……"

神香青烟袅袅。女人们闷声低泣,掩口呜咽。士兵们肃穆地站着,形容瘦削,面色黑沉,他们听不见神父那疲惫的声音。

那个把神甫赶来的库班人没戴帽子,骑在高大的枣红马上,把马轻轻一踢,马向前迈了几步。他万分虔诚地朝神甫躬下身,小声说了几句,可说出的话却传遍了整个坟场:

"你他妈的要再像没喂够的猪一样瞎哼哼,就扒了你的皮……"

神甫、助祭和诵经员在惊恐之中斜着眼睛朝他瞥了一眼。助祭立刻用震天动地的吼声号了起来,墓地里的乌鸦纷纷惊起;神甫用男高音放声高唱;诵经员则踮起脚尖,翻着白眼,放出尖细的假声,震得耳朵嗡嗡直响:

"圣主保佑你们安息……"

库班人将马拉了回去,一动不动地骑在马上,好似一尊雕像,阴郁地皱着眉头。所有人都开始画十字,俯身鞠躬。

下葬时,枪声齐鸣,响了三次。女人们擤着鼻涕,擦着红肿的眼睛,说:

"神甫的法事做得多好哇——真心实意。"

三十三

黑夜吞噬了辽阔的草原和长丘,吞噬了整日在天边泛出苍蓝色的万恶的群山,也吞噬了敌方的集镇——那里没有一点火光,没有一丝声响,仿佛这座镇子并不存在似的。连狗也被白天的炮响吓得哑然无声。唯有河水在喧哗。

在杳然无影的河那边,从哥萨克灰蒙蒙的战壕里,整日传来震天动地的炮声。他们全力射击,不吝炮弹。无数白晃晃的烟球在草原、花园和沟谷上空炸裂开来。这边却疲于回应,疏落的炮声颇不情愿地响着。

"啊——啊——啊……"哥萨克炮兵幸灾乐祸地说,"可要了他们的命……"说罢抬起炮筒,装上炮弹,炮声又隆隆地响了起来。

在他们看来已经胜负分明:对方受了重创,元气大伤,对于炮火已经无力还击。向晚时分,这帮赤脚的流民从河那边发动了进攻,反被迎头痛击,散兵线瞬间击溃,这帮家伙纷纷倒下,四散奔逃。可惜是夜里,不然再给他们一击。不过也好,等天亮再攻也不迟。

河水潺潺,水声充斥着整个黑夜。柯茹赫很满意,小眼睛如灰色的钢铁,放射出犀利的光芒。他很满意:手里的部队宛如听话的工具,得心应手。他在向晚时分布下散兵线,吩咐佯攻、卧倒。而现在,在这深夜,在黑天鹅绒般的夜色中,他前去视察——士兵们全都在河岸上各就各位,六丈高的悬崖下,河水哗然作响。潺潺的水声使他想起那条喧闹的河,想起那个黑夜——那时一切才刚刚开始。

每个士兵都在黑夜中爬着,摸索着,估量着岸边的悬崖。埋伏在这里的几个团,每个士兵都摸清了地形,对自己的位置了然于胸。谁也不似绵羊一般等指挥员赶着走。

山中开始落雨。白日里河水奔流,惊涛拍岸,此时却只听见喧哗的水声。士兵们知道——他们早就巧妙地量了出来——现在河水有两三俄丈深,有些地方得泅水才行,不过没什么大不了,游一游也未尝不可。天还没黑的时候,每个士兵都伏在凹槽、洼地、灌木和榴霰弹不断爆炸的蒿草之中,从自己的阵地眺望河对岸,将自己负责攻打的那段战壕观察得十分周详。

左边,两架桥横跨水面:一座是铁路桥,一座是木桥。此时,两座桥都隐在夜色之中。哥萨克在桥上布了一个炮兵连,架好了机枪——这些也都被黑夜吞没了。

夜色中充满喧哗的水声,骑兵团和步兵团按照柯茹赫的命令,一动不动地站在桥对面。

夜缓缓流逝,无星,无声,无踪,唯有看不见的河水滔滔不息,单调的水声充斥着黑夜那庞大的荒凉。

哥萨克坐在战壕中,听着奔流的水声,静静等待,枪不离手,尽管他们知道,那帮赤脚流民夜间不会渡河——白天已经够他们受了。夜缓缓浮动。

士兵们像獾似的卧在悬崖边上,在黑暗中耷拉着脑袋,与哥萨克一同听着奔流的水声,静静等待。他们等待已久、似乎永远都不会到来的那一刻,终于开始降临:黎明如一道暗语,缓慢而艰难地现出身形。

依旧什么也看不见——不见色彩,不见线条,也不见轮廓,然而黑暗开始变得憔悴,变得透明。黎明前的警戒有条不紊。

有个神出鬼没的东西从左岸掠过——不知是电火花,还是无声飞过的燕群。

接着,仿佛从口袋里倾倒出来似的,士兵们随着飞撒的黏土、砂石,从六丈高的悬崖上纷纷落下……河水哗哗地流……

千万个身躯激起千万朵水花,千万朵水花被喧哗的水声淹没……河水哗哗地流,河水单调地喧哗着……

刺刀如森林一般冲破了灰蒙蒙的黎明,耸起在大惊失色的哥萨克面前。怒吼、惊叫、呻吟、咒骂声中,战事如火如荼。这不是人,而是万头攒动、缠作一团的血腥的野兽。哥萨克撂倒了几十个,却损失了数百个。而这魔鬼般的、不知从何而来的力量又一次向他们扑来。难道这是那群被他们在库班满世界驱赶的布尔什维克吗?不,这是一些别的怪物。难怪他们全都赤身露体,面皮漆黑,身上破衣烂衫。

正当右岸的整个天地都响起狂野的吼声,大炮和机枪越过自己人的头顶,向集镇洒下弹雨,骑兵团则狂奔过桥,紧跟其后的是拼命奔跑着的步兵。歼灭了炮兵连,缴获了机枪,整个镇子遍布骑兵。他们看见一座农舍里冲出一点白色,跃上一匹没鞍的马,以惊人的速度消失在昏暗的黎明中。

农舍,白杨,白色的教堂,一切都越来越清晰。花园后,朝霞泛起红色。

从神甫家赶出一群灰头土脸、戴着金肩章的人——司令部的一些军官被俘虏了。在神甫家的马厩旁,他们被砍了脑袋,血渗到粪堆里。

一片喧闹声、叫喊声、枪声、骂声、呻吟声中,已听不见河水的喧哗。

找到了镇长的家。从阁楼到地窖翻了个底朝天,不见他的人影。已经逃跑了。于是大喊:

"再不出来就把孩子杀了!"

镇长没有出来。

于是开始屠杀孩子。镇长的妻子双膝跪地,发辫凌乱,抓住他们的腿不放,被拖在地上。有个人呵斥道:

"叫唤什么?跟杀猪似的!我和你一样有个三岁的女儿……埋在山里的碎石堆,我都没哭也没叫。"

说罢砍死了女孩子,接着劈开了狂笑着的母亲的头盖骨。

一座农舍周围聚着一群铁路工,地上满是散落的碎玻璃。

"波克罗夫斯基将军在这儿下榻来着。差一点被你们抓住。一听见你们来了,就把窗户连玻璃带框砸碎了,只穿了一件衬衣,连衬裤都没穿,就跳上一匹没鞍的马逃跑了。"

一个骑兵皱着眉说:

"怎么会没穿裤子?莫非洗澡来着?"

"睡觉来着。"

"怎么着,睡觉不穿裤子?谁会这么干?"

"老爷们都这么干。是医生嘱咐的。"

"王八蛋!睡觉也没人样儿。"

说罢啐了一口,走开了。

哥萨克已逃之夭夭。他们倒下了七百多人,死尸堆在战壕里,横在草原上。放眼望去,全是死人。面对这股撒旦般神秘的力量,逃亡者心中,恐惧与紧张之上又平添一种无法遏制的惊愕。

就在两天前,布尔什维克主力占领了这座集镇,哥萨克将他们一举击溃,驱逐出去,还派出部队,此时正在追击。可这些人又是从何而来?莫不是撒旦在助他们一臂之力?

太阳出现在草原那遥远的天边,斜长的光束晃晕了逃亡者的眼。

辎重和难民远远地蔓延在草原上、树林中、长丘上。篝火依旧青烟袅袅;孩子们的小脑袋依旧瘦得不成人样,纤细的脖颈几乎支撑不住;格鲁吉亚的白帐幕铺在地上,上面依旧躺着叠着双手的死者,女人们歇斯底里地颤抖,撕扯着头发——这是另外一些女人,不是之前那些。

士兵们聚集在骑兵周围。

"你们去哪儿了?"

"找神甫去了。"

"去他奶奶的腿,去他妈的神甫!……"

"这怎么行!怎么能没有神甫呢?"

"柯茹赫叫用从哥萨克那儿俘虏来的乐队送葬。"

"怎么能用乐队呢?乐队只不过是些铜管子,神甫的嗓子可是活生生的。"

"谁要他的鬼嗓子?他一号就听得人肚子疼。乐队可是军队的一部分。"

"乐队!乐队!……"

"神甫!……神甫!……"

"跟神甫一块儿滚你妈的蛋吧!……"

于是"乐队"和"神甫"的声音混着不堪入耳的骂声此起彼伏。闻声而来的女人们拼命喊道:

179

"神甫！神甫！"

年轻的士兵们也跑过来嚷着：

"乐队！乐队！……"

乐队赢了。

骑兵下了马。

"咦,好吧,叫乐队去吧。"

难民和士兵络绎不绝地走,黄铜的声音沉郁而缓慢地响,蓄满了力量与悲哀。太阳闪着黄铜般的光。

三十四

哥萨克被击溃了，虽说无论去往何方都该继续开拔，但柯茹赫依旧按兵不动。敌后侦察员以及村镇居民中的投诚者都异口同声地说，哥萨克又在集中兵力，组织军队。援兵从叶卡捷琳诺达尔不断逼近，炮兵连隆隆作响地开了过来，军官营声势浩大，阵容密集，一批又一批的哥萨克百人团也先后赶来。暗影向柯茹赫围拢过来，庞大的军队越聚越密，阴影越来越浓。啊，应当走！应当走，走的话，还能突围，主力部队还没走远，而柯茹赫……依旧按兵不动。

没等到落在后面的那些部队，他无心开拔。他知道，他们没有战斗力，若是让他们凭一己之力应战，定会被哥萨克击得粉碎——会全军覆没。如此一来，柯茹赫作为千万人的救世主，在他那荫蔽未来的荣光之上，这次败北必将留下惨淡的污点。

于是他开始等待，而哥萨克黑压压的大军越聚越密。铁的重围以不可逾越的强力聚拢起来，为了印证这股强力，敌人的大炮开始轰鸣，沉重的炮声震撼着草原和天空，榴霰弹不停地爆炸，弹片纷纷落在人们身上。而柯茹赫纹丝不动，仅下令予以回击。白天，白色的烟球在各处的战壕一刻不停地腾起，随后又轻柔地消散；夜里，炮火的巨口一刻不停地将黑暗撕裂，已经听不见河水的喧哗。

一天过去了，一夜过去了。大炮隆隆作响，炮火愈发猛烈，可后面的部队仍不见来，一直不见踪影。第二天过去了，第二夜过去了，部队依旧没来。子弹和炮弹越来越少。柯茹赫下令节省弹药。哥萨克抖起精神。眼看着对方回击得越来越少，且不向前走动，料定是受了重创，于是便准备突袭。

柯茹赫已经三天没有合眼，脸色黄得像短皮袄的鞣皮，他感到两腿发沉，仿佛膝盖以下都沉到了土里。第四个夜晚来临了，炮火一刻不停地爆炸，燃烧。柯茹赫说：

"我躺一个钟头，但如果有情况，立刻叫醒我。"

刚合上眼睛，就有人跑过来：

"柯茹赫同志！柯茹赫同志！……情况不妙……"

柯茹赫跃起身，一时间回不过神来，搞不清身在何处，发生了什么。他像抹蜘蛛网似的用手在脸上抹了一把，猛然间的沉寂使他吃了一惊——日夜轰鸣的大炮喑哑了，只有步枪的哒哒声充斥着黑夜。情况不妙，也就是说，双方已经短兵相接。也许，阵线已经冲破了。他听见河水的喧哗。

他跑到司令部，看见众人的脸都变了色，变得苍白。他夺过听筒——格鲁吉亚的电话派上了用场。

"我是总指挥。"

他听见听筒里传来老鼠般的吱吱声：

"柯茹赫同志，派援兵来。我撑不住了。是突袭。军官队……"

柯茹赫石头般的对着话筒说：

"派不了援兵，没有。撑到最后一个吧。"

对方说：

"不行。火力集中在我身上，撑不……"

"撑住，这是命令！预备队一个人也没有。我马上亲自赶过去。"

柯茹赫已听不到河水的喧哗，只听到前方的黑暗里，哒哒的枪声在左右回荡。

柯茹赫下了命令……可还没说完，只听：啊——啊——啊！……

纵使一片漆黑，柯茹赫还是辨得分明：哥萨克冲上来了，挥刀左右乱砍——战线突破，骑兵飞驰而来。

柯茹赫扑了上去。刚刚和他通电话的指挥员径直向他跑来。

"柯茹赫同志……"

"您怎么在这儿？"

"我再也撑不住了……那边已经突破了……"

"你竟敢丢下自己的部队？！"

"柯茹赫同志，我亲自来请求支援。"

"把他拿下！"

这彻头彻尾的黑暗里一片喊声和噼啪作响的枪声。马车后面，草捆后面，木屋的黑影里，手枪和步枪那迅忽的火光不断刺入黑夜。自己人在哪儿？敌军在哪儿？谁也搞不清……也许，厮打着的正是自己人……也许，这只是一场梦？……

副官跑了过来，黑暗中，柯茹赫猜到是他的身影。

"柯茹赫同志……"

声音很是焦急——这小伙子想要保命。突然间，副官听到一个声音：

"啊……怎么，完蛋了吗？"

从未听到过的声音。从未听到柯茹赫发出这样的声音。枪声、喊声、噼啪声、呻吟声，而副官的心底里，恍恍惚惚，如火花般瞬间冒出一个念头，带着些幸灾乐祸的意味：

"啊哈，你也不过如此，和大伙儿一样……只想保命……"

然而这只是瞬息间的事。黑暗之中，看不见柯茹赫那张石头般的脸，却感觉得到，他牙关紧咬，挤出残铁般的声音：

"立刻把司令部的机枪拉到突破口。把司令部和辎重队都召集来，尽可能把哥萨克向马车那边压。骑兵连从右翼进攻！……"

"是。"

副官消失在黑暗中。仍是一片喊声、枪声、呻吟声、脚步声。柯茹赫跑步前进。左右两侧，步枪喷射着火舌，大约五十俄丈远的地方黑洞洞一片——此处是哥萨克攻陷的缺口，然而士兵们并未溃逃，而是仅仅后退几步，就地卧倒，开枪回击。黑暗中可以辨认出前方跑来的密密麻麻的人群，越跑越近……卧倒，随即从那边喷射出火舌，士兵便朝着火光回击。

司令部的机枪拉了过来。柯茹赫下令停止射击，听命令行事。他在机枪前坐定，立刻觉得如鱼得水。左右都是哒哒的枪声和闪光的炮火。士兵一停火，敌人的散兵线就扑了上来：乌拉！……已经逼近了，已经能分辨出每个敌人的身影，都弯着腰跑着，手里端着步枪。

柯茹赫下令：

"扫射！"

说着，开了机枪。

哒——哒——哒——哒……

幢幢的黑影如黑纸做的小屋一般开始坍塌。散兵线动摇了，退却了……敌军转身往回跑，七零八落。又是那漆黑的夜。枪声稀了，河水的喧哗越来越响，复又清晰可闻。

后方,夜的深处,枪声和喊声也渐渐沉寂。哥萨克未能等到援兵,逐渐溃散,丢了马匹,钻到车下,躲到黑洞洞的小木屋。活捉了十来个人。马刀朝他们的嘴巴劈了下去,嘴里冒着酒气。

天刚蒙蒙亮,一个排将逮捕的那名指挥员押去坟场。回来时已不见他的影子。

太阳升起来了,照着寂然不动的散兵线,死尸零落地躺着,仿佛潮水拍岸又骤然退去,留下这凌乱的印痕。有些地方尸体成堆——那是柯茹赫夜间所在之处。敌方派来军使。柯茹赫准许收尸:骄阳下尸体腐烂,会生传染病。

收完尸,大炮又一次响起来,那非人的隆隆声又一次撼动着草原和天空,沉重地震荡着胸腔和颅腔。

呼啸的弹片黑压压地在蓝天中爆炸。活人坐着,走着,张着大口——这样耳朵才轻松些;死人一动不动地等待,等着运到后方去。

子弹越来越少,弹药箱越来越空。后面的部队不见踪影,柯茹赫依旧按兵不动。他不愿自己独揽全责,便召集会议:留下,所有人都得死;突围,后面的部队则会覆灭。

三十五

远远的后方,无边无际的草原上遍布马车、马匹、老人、孩子、伤员、说话声、喧闹声,暮霭苍苍。暮霭苍苍,篝火的烟气也染上了深蓝色,每个黄昏都是如此。

十五俄里开外,直至草原那遥远的天边,都是这样一番景象,而远方的轰鸣使脚下的大地整日一刻不停地震颤。这不要紧。瞧,此时此刻也是这样……已经习惯,谁都不以为意。

暮霭苍苍,烟气茫茫,远处的林莽泛出幽深的蓝色。森林与马车之间,旷野一片苍蓝,荒凉而神秘。

说话声,铁器声,动物的叫声,铁桶的响声,孩童的哭声,还有数不清的斑斑点点的红色篝火。

在这家庭氛围之中,在这朦胧的祥和之中,蓦地闯入一个声音,发自丛林,格格不入,又因格格不入而显得分外遥远。

起先是渺远的声音,拖长了腔调:啊——啊——啊——啊!……从那边,从黄昏的烟霭中,从迷蒙的丛林里传来:啊——啊——啊——啊!……

接着,黑影袭了上来,离开了森林——一个,两个,三个……浓黑的暗影蔓延开来,沿着整个森林流淌,淌成一条摇曳着的黑色带子,随即向营地涌过来,势头越来越大,随之滚滚而来的,是那越来越响的声音,蓄满了濒死的愁苦:啊——啊——啊——啊!……

不管是人还是家畜,所有的头都尽数转向同一方向,转向苍茫的森林,那条杂乱的带子正向营地滚来,一道道狭窄的寒光在带子上忽明忽灭。

头都转了过去,篝火闪着斑驳的红光。

所有人都听见,整个大地,直至地底,都充斥着沉重的马蹄声,把远方震天的炮声都遮住了。

……啊——啊——啊——啊!……

轮辕之间,一堆堆篝火之间,掀起一片必死的绝望之声:

"哥萨克!……哥萨克!……哥萨克!……"

马停止了咀嚼,竖起耳朵,不知从何处跑来的狗躲到了马车下面。

谁也没跑,谁也没逃命,全都不住地望着那浓浓的暮霭,黑色的狂澜在黄昏中翻滚。

一个母亲的尖叫,刺穿了这充满沉重马蹄声的巨大沉寂。她抓起剩下的唯一的孩子,把他按在胸前,朝着马蹄声中越发浩荡的波涛冲了过去。

"死!……死!……死亡来了!……"

这喊声如瘟疫一般席卷了成千上万的人:

"死!……死!……"

在场的所有人都随手抓起身边的东西,有的抓起棍子,有的抓住一捆干草,有的抓起车辕和长杆,伤员则抓住自己的拐杖。全都惊慌失措,在空中挥舞着手中的家什,向着自己的死亡迎面扑去。

"死!……死!……"

187

小孩子们也跑着,抓着母亲的衣襟,用细嗓门喊着:

"死……死!……"

飞驰而来的哥萨克紧握寒光闪闪的无情的马刀,在浓浓的夜色中分辨出那摇晃着的步兵队列,不计其数的人,无数高举的步枪,黑压压飘拂的旗帜,好似巨大的汪洋,向他们扑来,还有那无穷无尽翻滚着的野兽般的咆哮:死!……

完全是无意识的行为。没有命令,缰绳却蓦地似琴弦紧绷,全力飞奔的马摆着头,屁股发沉,停住了。哥萨克沉默了,从马镫上欠起身,警觉地盯着这扑面而来的黑压压的队伍。他们清楚这群魔鬼的习性——不等开枪,就开始肉搏,接着便用那撒旦的刺刀大开杀戒。从下山亮相到夜袭结束,一直如此——撒旦们一声不响出现在战壕中时,多少哥萨克战死在故乡的草原。

哥萨克打算从马车后面,从不计其数的篝火后面袭击这群孤立无援、手无寸铁的老幼妇孺,然而就从这里,从后方,恐慌如熊熊大火,燃遍了敌人的各个部队——新的大军一波又一波地汹涌而至,雷鸣般的怒吼以骇人之势冲破了沉沉黑夜:

"死!!"

当哥萨克认清这无边无沿的阵势,便掉转身去,扬鞭策马,逃遁到灌木丛生的森林中去了。

跑在前列的女人、孩子、伤员、老人停了下来,脸上冷汗淋漓。空寂的森林喑哑地立在他们面前,漆黑一片。

三十六

大炮轰鸣，已经是第四天了，敌后侦察员带来情报——一名新的将军率领骑兵、步兵和炮兵，从迈科普向敌军汇合。会议决定，当晚就突围，继续前进，不再等后面的部队。

柯茹赫下令：傍晚时分逐步停止射击，以免惊动敌人。大炮对准敌人战壕进行精准试射，锁定瞄准方向，夜间完全停止射击。各团布成散兵线，黑暗中尽可能接近敌人战壕所处的高地，卧倒埋伏，以免惊敌。各部分的一切行动在夜间一点三十分之前结束；一点四十五分，所有就位的大炮同时快速开火，每门十发炮弹。深夜两点，最后一发炮弹响过，发动总攻，各团冲进战壕。骑兵团留在预备队，增援各部队并追击敌人。

大块的乌云黑沉沉、低压压地飘过来，一动不动地悬在草原上空。双方的炮火都怪异地沉寂下来，步枪也住了声，河水的喧哗声又赫然在耳。

柯茹赫听了听这喧哗的水声——情况不妙。没有一声枪响，而过去的几天，枪炮声日夜不停。莫非敌人也准备采取同样的战术？如此一来，两相交锋，必将错过出其不意的战机，定会两败俱伤。

"柯茹赫同志……"

副官走进小木屋,身后跟着两个持枪的士兵,押着一个手无寸铁、脸色苍白的小个子。

"怎么回事?"

"敌人派来的。波克罗夫斯基将军写来一封信。"

柯茹赫眯起小眼睛,将犀利的目光投向这个士兵,这人松了一口气,把手伸进怀里摸索起来。

"我是被俘虏的。我们的人撤退了,我们七个人成了俘虏。真是折磨呀……"

他沉默了片刻。又听见河水的喧哗,窗外一片黑暗。

"就是这封信。波克罗夫斯基将军……把我臭骂了一顿……"说着,又腼腆地补充道,"把您也骂了一顿,同志。瞧,他说,去他妈的,给他送去。"

柯茹赫闪烁的目光狡黠而满足地从波克罗夫斯基将军的手书上匆匆扫过。

"……你这恶棍,你娘的……你竟敢与布尔什维克为伍,与那帮贼,那帮赤脚流民鬼混,你的决定让全俄罗斯的海陆军官蒙羞。醒醒吧,你这土匪,你和你那帮流民的末日已经来了:你走不了了,因为我的军队和葛曼将军的军队已经把你包围了。混蛋,我们给你来了个瓮中捉鳖,无论如何也不会让你逃掉。要想宽大处理,要想进苦役连为你的所作所为抵罪,我便命你执行我的如下命令:今日之内就把全部武器缴到白河车站,把解除武装的土匪带到车站以西四五俄里的地方;一旦执行完毕,立即到四号铁路值班房向我汇报。"

柯茹赫看了看钟表,又望了望窗外的黑暗。一点十分了。"哥萨克原来是因为这样才停了火——将军等待答复呢。"从各指挥员那里不时送来情报——各个部队已顺利接近敌人阵地,并已布好埋伏。

"好啊……好……"柯茹赫自言自语道,随后便一语不发,眯起眼睛,磐石般镇静地望着他们。

窗外的黑暗中,一阵迅疾的马蹄声打破了河水的喧哗。柯茹赫心中一紧:"又发生了什么……只剩一刻钟了……"

只听见马打着响鼻,有人从马背上跳了下来。

"柯茹赫同志,"一个库班人擦着脸上的汗,大口喘着粗气,说,"第二队来了!……"

一切都燃起了异常刺目的光芒,黑夜,敌人的阵地,波克罗夫斯基将军和他的信,还有遥远的土耳其……他的机枪曾在那里横扫千万人性命,而他,柯茹赫,在这千千万万的死亡中幸免于难。幸免于难,为的是拯救,不仅要拯救自己人,还要拯救那些孤立无援地跟在身后、注定死于哥萨克之手的千万人。

似乎是两匹黑马,在夜色中飞奔,什么也分辨不出。不知是哪支部队,黑压压的队列开进了集镇。

柯茹赫跳下马,走进一个哥萨克有钱人的灯火辉煌的木屋。

桌旁,斯摩洛库洛夫挺直了勇士般魁梧的身子,正从杯子里呷着酽茶,黑胡子衬着干净的海军服,显得格外漂亮。

"好哇,老弟,"他用天鹅绒般低沉浑厚的低音说,将柯茹赫从上到下打量一番,并不想引起对方的任何不悦,"喝茶吗?"

柯茹赫说:

"十分钟后我要发起进攻。部队在战壕下埋伏起来了。大炮也架好了。把第二队开到两翼去,胜算就有把握了。"

"不行。"

柯茹赫咬紧牙关,说:

"为什么?"

"因为还没到。"斯摩洛库洛夫温和而快活地说,带着戏谑的神气,居高临下地望着这个衣衫褴褛的矮个子。

"第二队开进镇子了,我亲眼所见。"

"不行。"

"为什么?"

"为什么,为什么!怎么开始刨根问底了?"他用浑厚悦耳的低音说,"因为大伙儿累了,需要休息。你是刚生出来不懂事吗?"

柯茹赫的心里像压紧的弹簧,一股强劲的弹力挑得胸中百感交集:"要是我垮了,那么你一个……"

却心平气和地说:

"把部队开到车站做预备队也好,我把自己的预备队调往前线,增援突击队。"

"不行。我说话算数,你是知道的。"

他从屋子这头踱到那头,这副魁梧的身躯和刚才那张温和的脸都蓄着一股蛮牛般的固执——现在就算用车杆痛揍他一顿也没用。柯茹赫心里明白,便对副官说:

"咱们走吧。"

"稍等,"参谋长站起身来,走向斯摩洛库洛夫,温和而有力地说,"叶列梅·阿列克谢耶维奇,开到车站也无妨,只用作预备队。"

言外之意则是:"要是柯茹赫垮了,咱们也要遭殃。"

"那,好吧……我呢……我自己也没什么……好吧,哪支部队开过来了就带过去吧。"

斯摩洛库洛夫那股倔劲一旦上来,谁也拽不动。不过若是攻其不备,从旁略为施压,他便立刻不知所措地让了步。

蓄着黑胡子的脸又温和下来。他伸出大手,在矮个子肩上拍了一下:

"呶,老弟,最近怎么样,啊?老弟,咱是一匹海狼,在海上咱什么都行,就连魔鬼也掀他个底朝天,可这是旱地,简直是擀面杖吹火。"

于是哈哈大笑起来,黑胡子下面露出亮晶晶的牙齿。

"喝茶吗?"

"柯茹赫同志,"参谋长友好地说,"我现在写道命令,队伍即将开往车站,做您的预备队。"

弦外之音则是:"怎么样,兄弟,不管你多能耐,没我们的帮助也不行……"

柯茹赫走出门,走到马跟前,在黑暗中对副官小声说:

"你留下。跟部队一块儿到车站以后向我报告。信口胡扯不是什么难事。"

士兵布成长长的散兵线,紧贴坚硬的地面,俯卧在地,低沉的浓浓夜色压在他们身上。千万道野兽般犀利的目光充斥着黑夜,哥萨克的战壕里却哑然不动。河水在喧哗。

士兵们没有钟表,然而,等待之中,每个人的神经都越绷越紧。沉重的夜凝滞不动,但每个人都能感觉到,这两个小时在缓慢而笨拙地爬着。滔滔不绝的水声中,时间也在流逝。

尽管等待的正是这一刻,可黑夜碎裂得仍是那样出其不意,猩红的云团如烈火般在裂口处闪烁,三十门大炮一刻不停地大声咆哮起来。隐没在夜色中的哥萨克战壕,被不断爆炸的榴霰弹那一连串刺目的火光照得通明。当爆炸声再次响起,那条被夜色吞没的长线也被照了出来,曲曲折折,遍布死尸。

"天呐,真是……够了!……"哥萨克苦不堪言,紧贴着战壕干巴巴的侧壁，每秒钟都在期盼乌云猩红的边缘不再闪光，碎裂的黑夜再次合拢，好在这片震人心魄的巨响中喘口气。然而依旧是那猩红的闪光，沉重的吼声依旧震天动地，震动着胸膛和颅腔，依旧处处都是人们痉挛的呻吟。

黑暗蓦地合拢，正如碎裂时那样突然，刹那间，寂静袭来，扑灭了闪烁的红云，吞噬了大炮那非人的高声怒吼。一道道人影如黑漆漆的围栏，出现在战壕上方，接着，另一种活生生的野兽的怒吼沿着战壕滚动。哥萨克摇摇晃晃地冲出战壕——他们不想与这邪恶之力扯上丝毫干系，然而为时已晚，战壕逐渐被死尸填满。于是鼓足勇气回转身来，开始面对面地厮杀。

不错，这确是一股魔鬼的力量：追出十五俄里，可这十五俄里只跑了半个小时。

波克罗夫斯基将军收拾了哥萨克百人团、侦察营、军官营的残部，将这群筋疲力尽、一头雾水的残兵带往叶卡捷琳诺达尔，为"赤脚流民"彻底肃清了道路。

三十七

这支被火药烤焦的队伍衣衫褴褛,鼓起全力,迈着大步,重重地踏着地面,密集地前进,他们眉头紧锁,眉毛上挂着厚厚的灰尘,眉头下方,细小的眸子闪着星星点点的锐利光芒,牢牢盯住荒凉的草原那暑气蒸人的天际。

炮车匆匆赶路,发出沉重的隆隆响声。马在团团灰尘中不耐烦地摆着头……炮兵目不转睛地盯着远方苍蓝的地平线。

辎重车在一刻不停的隆隆巨响中无止无休地前进。母亲们形单影只,跟着别人的马车,匆匆迈着赤脚,扬起路上的尘埃。双眸再也哭不出眼泪,只有两点干枯的光芒在发黑的面庞上闪烁,同样牢牢盯住草原那渺远的蓝色。

众人匆匆的神色感染了伤员,他们也在前进。有的跛着脚,腿上裹着脏兮兮的纱布;有的耸起肩膀,大幅地挪着拐杖;有的用骨瘦如柴的手,筋疲力尽地抓着马车边沿——可所有人都同样目不转睛地盯着幽蓝的远方。

千万只红肿的眼睛紧张地盯着前方。那里是幸福,那里是苦难和疲惫的终结。

故乡的库班的太阳灼热地晒着。

听不到歌声,也听不到人语和留声机的声音。这里的一切——急速升腾的尘雾中无穷无尽的吱嘎声,低沉的马蹄声,沉重的部队密集的脚步声,还有惊惶的蝇群——这绵延数十俄里的一切都好似迅疾的洪流,向着那蓝得诱人的神秘远方奔淌而去。眼看着,这远景就要铺展在面前,心灵也将发出欣喜的惊叹:咱们的人!

然而不管走多远,不管走过多少集镇、田庄、墟落和山村,前方总是一个样:苍蓝的远方越推越远,仍是那样神秘,那样遥不可及。不管走了多少路,处处听闻的总是同样的话:

"来过,可已经走了。昨天还在呢,可是急着赶路,忙了一阵儿,就又动身走了。"

的确,是来过。瞧,拴马桩还在,到处都是抖落的草料,到处都是马粪,而现在——空空如也。

瞧,这里驻扎过炮兵,熄灭了的篝火留下灰烬,炮车从集镇那边拐上大路,车轮留下深深的辙痕。

路边古老的钻天杨划破了树皮,伤口深处泛着白色——是辎重车的车轴刮破的。

一切的一切都在说,不久前来过,不久前他们来过。正是为了他们,才在德国驱逐舰的炮火下前行,与格鲁吉亚人厮杀;正是为了他们,才把孩子抛在山谷,与哥萨克人死战——可那苍蓝的远方仍是不住地推移,遥不可及。依旧是急促的马蹄声和辎重车匆忙的轧轧声,依旧是匆匆追赶的蝇群和经久不绝、无止无休的脚步声,尘埃勉强跟上步伐,在千万人的洪流上空飞旋,千万只眼睛盯住草原的边际,目光里依旧燃着不灭的希望。

柯茹赫形销骨立,皮肤晒得焦黑,阴沉地坐在四轮车上,和大家一样,灰色的眼睛眯成窄窄的一条,目不转睛地盯着远方环抱四野的地平线。对于他,这远方也同样神秘,不可理解,无从释怀。他咬紧了牙关。

就这样,一镇又一镇、一村又一村地向后逝去,日复一日,精疲力竭。

哥萨克女人恭顺地迎接他们,深深地鞠着躬,温顺的眼睛里藏着仇恨。离去时,都惊奇地目送着他们:没杀,也没抢,这本是一群可恨的野兽啊。

宿营时,向柯茹赫送来报告,内容都是一个样——前方的哥萨克部队一枪不开就退到一旁,让出通路。不论白天黑夜,部队没有遇到一次袭击。后卫队也没动一根毫毛,等队伍开过去,就又从后方将道路封锁。

"好啊!……看来是碰了钉子……"柯茹赫说,脸上的肌肉抽动着。

下命令说:

"把骑兵派到各辎重队和各部队去,一刻也不能耽搁。不要让队伍停下。走,走!宿营不能超过三个小时!……"

于是辎重车又鼓起全力,轧轧作响,疲惫的马拉紧了绳索,炮车沉重而匆忙地隆隆响着。无论是暑气腾腾、烟尘弥漫的正午,还是星斗遍撒苍穹的黑夜,抑或是霞光尚未苏醒的清晨,那沉重的轰鸣总是经久不绝地响彻库班草原。

柯茹赫收到报告:

"有些马倒下了,部队有人掉队了。"

可他牙关紧咬,从牙缝中挤出一番话:

"丢掉马车。重物搬到别的车上。留心掉队的人,把他们带上。加速前进,走,走!"

千万只眼睛又目不转睛地盯住远方,庄稼收割后,草原上一片枯黄,遥远的地平线日日夜夜环抱着旷野。各村镇、各田庄的哥萨克女人依旧掩藏起仇恨,温顺地说:"来过,可是已经走了,昨天还在。"

都苦恼地望着——是啊,仍是这样:冷了的篝火,散落的草料,马粪。

突然,在所有辎重队、所有部队,在妇女和孩子中间,传递着这样的讯息:

"把桥都炸了……刚过去就把身后的桥炸了……"

老太婆戈尔碧娜凝滞的眼睛带着惊恐,颤抖着干裂的嘴唇,喃喃地说:

"把桥毁了。刚过去就把桥毁了。"

士兵们也用骨瘦嶙峋的手握紧步枪,低声说:

"把桥炸了……丢下我们走了,还炸毁了桥……"

每当先头部队走到小河、小溪、断崖或沼泽地,都会看见残破的桥板裂着大口,劈裂的桥桩耸立着,好似一排排黑漆漆的牙齿——道路被截断,绝望的情绪在蔓延。

柯茹赫的眉头沉沉地压到眼窝上,下令道:

"把桥修起来,设法渡河。编一支特勤组,得身手麻利,斧子用得好。叫他们骑马去前边,和先锋队一块儿。到住户家里拿木头、板子、梁子,运到先头部队去!"

斧子笃笃地响了起来,木片纷飞,在阳光下闪着耀眼的白色。那摇摇晃晃、吱嘎作响、草草修葺而成的桥板上,又有千万人浩浩荡荡地走过,辎重车和沉重的炮车无止无休地驶过,马小心地打着响鼻,惊恐地斜着眼睛,瞟向两侧的河水。

人群似洪流般无穷无尽地奔淌,所有的眼睛依旧望向那隔开草原与天空的遥不可及的地平线。

柯茹赫召集了指挥员。他脸上的肌肉抽动着,冷静地说:

"同志们,主力军丢下咱们,全力开走了……"

众人阴沉地回答:

"我们一点也不明白。"

"走了,炸毁了桥梁。长久下去,咱们会撑不住的,马已经倒下了几十匹。人也耗尽了气力,掉队了,掉队的人会被哥萨克杀光。咱们给了哥萨克一点教训,他们怕了,让开了,将军们把他们的队伍全带走了,给咱们让了路。但我们还是困在铁的包围圈里,长久下去,会被困死,子弹不多,炮弹也少。得突围才行。"

他用紧眯起来的锐利的眼睛看了看。大家都默不作声。

这时,柯茹赫一字一顿地从牙缝中挤出一番话:

"得冲出去。要是派骑兵队,咱们的马不好,经不住驱赶,会被哥萨克杀光。到时哥萨克胆子壮了,又会从四面八方扑上来。得想别的办法。得冲出去给主力军报信。"

又是一阵沉默。柯茹赫说:

"有谁自告奋勇?"

一个年轻人站了起来。

"谢利万诺夫同志,带上两名士兵,坐上汽车出发吧!无论如何也要冲出去。到了那儿告诉他们,是我们呐!他们干吗要走?叫我们送死吗?"

一小时后,司令部的茅屋沐浴着斜阳,旁边停着一辆汽车。两挺机枪在车上虎视眈眈:一挺向前,一挺向后。司机穿着油污的军便服,和所有的司机一样专注、沉默,嘴里一直叼着烟卷,在汽车前忙活了一阵,总算检修完毕。谢列万诺夫带来两名士兵,容貌年轻,无忧无虑,眼眸深处却藏着一丝紧张。

汽车咆哮了两声,一溜烟飞驰而去,扬起灰尘,发出刺耳的尖叫,越来越小,最终缩成一个黑点,消失不见了。

而无尽的人群、无尽的辎重车、无尽的马匹仍在流淌,对汽车的来去毫不知情,无止无休地阴郁地流着,时而涌起希望,时而陷入绝望,依旧凝视着那苍蓝色的缥缈的远方。

三十八

狂风呼啸,迎面扑来。农舍、路边的白杨、篱笆、远处的教堂,都在刹那间飞逝,沿着两旁倾斜下去。街道上、草原上、集镇上,沿途的人、马、牲畜还未来得及露出惊骇之色,便已经没了踪影,唯有肆虐的灰尘裹挟着扯落的树叶和卷起的干草,一路飞旋。

哥萨克女人摇着头说:

"真是疯了。这是什么人呢?"

哥萨克骑兵侦察队、巡逻队和军队都把这狂奔的汽车放了过去。一开始,他们把它当成了自己人——谁还敢闯进他们的腹地!有时恍然大悟,开了一枪,两枪,三枪,可哪里还见踪影!只听远处的空气划出尖利的呼啸,渐渐消失,仅此而已。

就这样,在轰鸣声和呼啸声中,一俄里接着一俄里、十俄里接着十俄里地飞驰。若是轮胎爆了,或者出了其他毛病,就完蛋了。两挺机枪一前一后,虎视眈眈地瞭望着,四双眼睛紧张地盯着迎面而来的道路。

汽车在隆隆巨响中一路飞驰,尖利的呼啸混杂着疯狂的喘息。飞奔至河边,景象更是骇人,桥桩裸露在外,好似裂开的獠牙。这时便奔向一旁,绕个大弯子,说不定哪里就会遇到居民用原木搭的临时渡桥。

向晚时分,远方现出一座钟楼的白影,是个大集镇。很快,花园和白杨的轮廓越变越大,一座座白色的农舍迎面而来。

一个小兵突然间把那张几乎面目全非的脸转了过来,尖声叫道:

"咱们的人!!"

"在哪儿?……在哪儿?!……瞎说什么呢!!"

然而就连汽车那飞驰的咆哮声也打断不了他的话,盖不住他的声音。

"咱们的人!咱们的人!!那不就是!……"

谢利万诺夫恶狠狠地站起身,以便克服弄错后带来的失望,叫道:

"乌拉!!"

一大支骑兵侦察队迎面奔来,帽子上的红星像罂粟花般鲜红。

就在此刻,耳边响起一个熟悉的声音,纤细悦耳:滋滋……唧——咿……唧——咿……一声声,好似蚊虫渐飞渐远的哼唱。碧绿的花园里,篱笆和农舍后面,却传来步枪射击的声音。

谢利万诺夫胸中一紧,心想:"是自己人……是自己人的枪声……"他拼命挥着大檐帽,用小男孩般尖细的声音大叫起来:

"自己人!……自己人!!"

蠢货……在汽车飞驰的咆哮声中,哪还能听到什么?他自己也醒悟过来,便抓住司机的肩膀:"停车,停车!……停下!……"

小兵们把脑袋藏到机枪后面。短短几秒钟内,司机的脸看上去瘦得怕人,猛然间刹住了烟尘笼罩的汽车,车上的人猛地向前一栽。啪啪两声,车身钉进两颗子弹。

"自己人！……自己人！"四人一齐扯着喉咙喊起来。

枪声仍在继续。骑兵侦察员从肩后取下马枪，飞奔着把马赶到路旁，以免对花园里的射手造成妨碍，一边射击，一边疾驰。

"会打死我们的……"司机翕动着僵硬的嘴唇，将车子彻底停下，急忙从方向盘前闪开。

骑兵飞奔到跟前。十几只黑洞洞的枪口瞄了过来。几个骑兵面容扭曲，一脸惊恐地下了马，破口大骂：

"放下机枪！……举起手来！……下车！……"

其余的也下了马，脸色煞白，叫嚣着：

"砍了他们！看什么看……这是白匪军官，他妈的！"

马刀出鞘，锋利地闪着寒光。

"会杀了我们的……"

刹那间，谢利万诺夫、两个士兵和司机从车上纷纷跳下。然而，他们刚一置身于包围圈，对着那些焦躁不安的马头、举起的马刀和瞄向他们的步枪，反而感到一阵轻松——终于摆脱了引人发狂的机枪。

这时，轮到他们来破口大骂了：

"疯了吗……打自己人……眼睛长到屁股上了吗！连公文都没看，就给打死，到时候后悔都来不及……妈的！"

骑兵们冷静下来。

"你们到底是什么人？"

"什么人！……以后先问问再开枪。带我们去司令部。"

"可没办法，"骑兵们上了马，面有愧色地说，"上周有辆装甲车闯进来，一到近前就乱扫一气。出了好大的乱子！上车吧。"

四人又坐上了汽车。两名骑兵也跟着上了车，其余的端着马枪，小心翼翼地跟在左右。

"同志们,千万注意别开得太快,不然我们跟不上,马都乏了。"

到了花园跟前,沿着街道拐了个弯。迎面遇到的士兵都停下脚步,凶巴巴地骂道:

"打死算了,他妈的!往哪儿带呢?"

黄昏拖着斜长的影子,夕阳还未散去余热。不知何处传来酒醉的歌声。路旁尽是被砸毁的哥萨克农舍,残破的窗子在树丛后面张着大口。倒地的死马无人收尸,散发着阵阵恶臭。街道上到处堆积、散落着无用的草料。篱笆后面的果树光秃秃的,七零八落,折断了枝丫。不管在镇上走出多远,街道上、院子里,也看不见一只鸡、一头猪。

在司令部跟前停了下来——这是神甫家的大房子。两个醉汉在台阶旁茂密的荨麻丛中打鼾。广场上,士兵在大炮旁边打牌。

队长一现身,大伙儿都成群地来到近前。

眼前的幸福和身后的遭际使谢利万诺夫心潮澎湃,他讲述着行军的经过,讲述着同格鲁吉亚人、哥萨克人交战的事迹,面对大伙儿的询问,一个问题还没讲完,就忙不迭地跳到另一个问题上:

"……母亲们……孩子们丢在了峡谷……马车丢在了山涧……子弹只剩了一发……赤手空拳……"

突然间,他停住了:队长正弓着腰坐着,捋着长长的唇髭,托着满是胡茬的下巴,目不转睛地盯着他,目光冷淡而疏远。

指挥员都是些年轻小伙子,皮肤晒得黑红,有的站着,有的坐着,板着脸,面无笑意,冷冷地听着。

谢利万诺夫感到脖子、后脑勺和耳朵热血上涌,猛地打住话头,突然间用沙哑的声音说:"这是公文。"说罢,塞过来一叠纸。

队长看都不看,就把文件推给了副队长。副队长带着成见,不情愿地查看起来。队长目不转睛地盯着他,一字一顿地说:

"我们得到的情报则完全相反。"

"对不起,"谢利万诺夫满脸充血,从脸颊到脑门都涨红了,"您把我们……您把我们当成……"

"我们得到的情报完全相反,"队长镇定而坚决地说,他依旧捋着长长的唇髭,托着下巴,目不转睛,也不让对方打断自己的话,"我们得到可靠情报:从塔曼半岛逃出的整支军队,已经在黑海沿岸覆灭,全军覆没,一个不剩。"

房间里一片寂静。污浊的谩骂和士兵醉醺醺的说话声从教堂后传来,飘进敞开的窗子。

"他们的队伍——都快散了……"谢利万诺夫想,心里涌起一股奇怪的满足。

"对不起……您看公文还不够吗……这究竟是怎么回事?我们拼了九牛二虎之力,经历了非人的斗争,才突围出来,找到自己的队伍,可这里……"

"尼基塔。"队长又镇静地开了口,双手离开下巴,站起来,挺直身子。他身材颀长,长长的唇髭向两边垂着。

"什么事?"

"把命令找出来。"

副队长在公文包里翻了一阵儿,拿出一张纸,递了过来。队长把文件放在桌上,腰也不弯,好像站在钟楼上似的,居高临下地读了起来,仿佛不经意间用这种高姿态强调了自己及在场所有人态度的必然性。

总指挥第 37 号命令

现截获波克罗夫斯基将军致邓尼金将军的无线电报。据悉,无数流民从沿海地区和图阿普谢方向行进。这群野蛮的流民由德国遣返的俄罗斯战俘及海军组成。他们装备精良,大炮、军需充足,还携带大量沿途抢劫的贵重财宝。这群被甲载兵的猪猡一路烧杀抢掠,哥萨克精锐部队和军官部队、士官生、孟什维克、布尔什维克均被肃清。

他顾长的身子倚在桌边,用手掌盖住这纸公文,直勾勾地盯着谢利万诺夫,一字一顿地重复道:

"布尔什维克均被肃清!"

接着移开手掌,保持着先前的站姿,继续读道:

> 特此命令:继续撤退,不得逗留。炸毁身后所有桥梁,摧毁一切渡河工具,船只赶至我方一侧,全部焚毁。撤退途中,军队秩序由各队队长负责。

他又直勾勾地朝谢列万诺夫的脸看了一眼,不等他张嘴,便说:

"就是这么回事,同志。我丝毫不想怀疑你们,但是您设身处地地想一想:我们……才初次见面,情报确凿,您亲眼看见了……我们无权……群众相信我们,要是……我们不就成罪人了……"

"可大伙儿都在那里等着啊!"谢利万诺夫绝望地喊。

"我明白,明白,别着急。这样吧,咱们去吃点东西,您大概饿了吧,让您的伙伴……"

"想单独审问吧……"谢列万诺夫想,突然感到困意袭来。

用餐时,一个漂亮、稳重的哥萨克女人在没铺桌布的餐桌上摆上滚烫的汤盆,菜汤漂着厚厚的油花,不见有热气冒出来。哥萨克女人深深地鞠了一躬。

"喝吧,亲爱的。"

"哈,你这妖精,自己先喝一口。"

"别这样嘛,兄弟!"

"快喝,喝!"

她画了个十字,拿起汤匙舀了一勺,汤突然冒出热气,她一边吹着,一边小心地啜饮起来。

"再多喝点儿!……现在都这么干,咱们的人毒死了好几个。畜生!把酒端上来……"

饭后,大家商量好,谢利万诺夫坐汽车回去,派一个骑兵连,跟他去调查情况。

汽车不紧不慢地跑,一座座熟悉的集镇和田庄向相反的方向逝去。和谢列万诺夫坐在一起的是两个骑兵,神色紧张,左轮手枪随时准备出击。而汽车周围,前后左右,只见士兵们的背影在宽阔的马鞍上沉重地起起落落,时而齐整,时而凌乱,骑兵队的马闪着蹄子,在他们胯下飞奔。

汽车不紧不慢地跑,尘埃扬起,不疾不徐地跟着车子移动。

坐在车上的骑兵,脸上紧张的神色稍稍放松了一些,在从容奔跑的汽车那不慌不忙的呼啸声中,他们对谢利万诺夫信任地讲起了悲伤的故事。军队整个地削弱了,军纪涣散,作战命令无人执行,遇到一小撮哥萨克也会逃跑;士兵们一群接一群地离开这不断瓦解的队伍,四散奔逃。

谢列万诺夫低着头。

"一旦碰上哥萨克,都得完蛋……"

三十九

没有一颗星,柔软的天鹅绒将一切都吞噬了,看不见篱笆、街道、钻天杨,也看不见农舍和花园。零星的火光,好似四下散落的大头针。

无形之中可以感觉到,有种活生生的庞然大物在这柔和无边的黑夜里蔓延。都还没睡。时而听见铁桶在黑暗中碰撞,叮当作响;时而听见马儿打架,互相咬着,踢着,有人吆喝:"吁,停下,鬼东西!……"时而又传来母亲的声音,均匀地摇着孩子,单调地重复着两个音节:"啊——唉!……啊——唉!……啊——唉!……"

远处传来枪声,可都知道是自己人,是友军的枪声。喧嚣声、说话声渐渐高了,不知是吵嘴,还是友人相会;后来,声息渐弱,又是一片茫茫的夜。

"最后……这会儿……"一个声音带着睡意,带着疲惫的笑。

怎么睡不着?

远方,不,也许就在窗下,传来一阵沙沙声,还有吱嘎作响的车轮声。

"喂,你往哪儿走?咱们的人都要出发了。"

然而却看不见一个人影,只有黑天鹅绒般的夜。

奇怪,难道都不觉得疲惫?难道那一双双眼睛,不都日日夜夜、眨也不眨地盯着那遥远的地平线?

这九月的天鹅绒般的夜,这藏在黑暗中的篱笆,还有烧干粪块的气味,仿佛都成了自家的东西,成了家常的陪伴,一切都是那样亲切,仿佛血脉相连,渴盼已久。

明天,在集镇那边,将与主力部队友好会师。夜也似乎随之流动起来,充溢着马蹄声、人语声、沙沙声、吱嘎的车轮声,还绽放着微笑,酣然入梦的微笑。

一条光带,透过半掩的屋门,窄窄地落到地上,在篱笆处折断,沿着被踏坏了的菜园延伸到远方。

哥萨克的农舍里,茶炊里的水在翻滚。墙壁洁白。餐具都已摆好。桌上是白面包和干净的桌布。

柯茹赫解了皮带,坐在长凳上,袒露着长满毛发的胸膛。他塌着肩,垂着手,低着头。就像农舍的主人从田里回来那般——走动了一整天,用白晃晃的犁铧翻动肥沃的黑土地,而此时,手脚酸痛,令人满足,女人在准备晚饭,桌上摆着食物,墙上挂着洋铁灯,冒着轻烟,发着光亮。他像农舍的主人般感到疲惫,这是一种操劳后的疲惫。

旁边的兄弟也没带武器,无忧无虑地脱了靴子,入神地查看着千疮百孔的皮靴。柯茹赫的妻子是个持家好手,动作麻利地掀开茶炊盖子,蒸腾的水汽喷了出来;她取下沉甸甸的、冒着热气的毛巾,捞出几个鸡蛋,放在盘子里。鸡蛋又圆又白。墙角的圣像色泽幽暗。房主人住的那半边屋子静悄悄的。

"坐吧!"

突然间,仿佛被扎了一刀似的,三人一齐转过头去:那条光带中闪现出熟悉的影子,缀着飘带的圆帽子,一顶,两顶,三顶。粗野的咒骂。枪托碰撞的闷响。

阿列克谢一秒钟也不耽搁("唉,手枪去哪儿了……"),叫道:

"跟我来!!……"

说罢,像头水牛似的扑了上去。枪托砸在他肩上。他踉跄了一下,又立刻站稳了双脚,在他那双铁拳下,对方的鼻梁被揍得咯吱直响,不知是谁的身子倒了下去,发出呻吟和怒气冲冲的咒骂。

阿列克谢跳了过去。

"跟我来!!"

他从灯光里冲出去,立刻潜入了黑暗,沿着田埂健步如飞地跑,碰断了向日葵高大的杆子。

跟着他冲出来的柯茹赫也结结实实地挨了几枪托。他倒在篱笆后面,周围传来水手们的声音,仿佛被海风吹哑了一般:

"啊哈!……就是他,揍他!……"

身后传来一声极具穿透力的、无法消散的尖叫:

"救命啊!……"

柯茹赫在一片殴打中爆发出十倍的力气,从灯光下滚到黑暗里,一跃而起,听着动静,飞奔着,追赶自己的兄弟去了。然而,沉重的脚步声从背后逼近,透过急促而沙哑的喘息声,听到对方喊:

"别开枪,不然都跑过来了……用枪托砸!……瞧,是他,追!……"

面前耸起一堵围墙,比黑夜还黑。木板吱吱嘎嘎响了几声。阿列克谢跳过去了。柯茹赫像年轻小伙子似的,也身手矫捷地跳了过去。两人一下子落入了无法形容的混乱,到处是呐喊、殴打、咒骂,枪托和刺刀一同上阵——对方在墙那边等着呢。

"打死这狗军官!……拿刺刀挑了他!……"

"别动！……别动！……"

"这混蛋总算到手了！……不如就地结果了他！……"

"必须带到司令部去——到那儿审问他……严刑拷打……"

"现在就打死他！……"

"去司令部！去司令部！"

柯茹赫和阿列克谢的声音被卷进了这疯狂的黑色旋涡，狂暴的喊声滚作一团，他们自己也听不到自己的声音。

在不绝于耳的喊叫声、嘈杂声、吵闹声、谩骂声中，众人挤作一团，你推我搡地把二人押往司令部。铁器碰撞，哗然作响，刺枪的暗影在黑夜中乱摇，一片粗野的咒骂。

"无论如何都逃不掉了吗？"这个问题在柯茹赫脑海中一个劲儿地盘旋。一间校舍，一座二层楼的大房子。柯茹赫目不转睛地盯着窗子里流溢出的灯光——这里就是司令部。

他们走到亮处，所有人都张大了嘴，瞪圆了眼睛。

"这是咱们头儿哇！！"

柯茹赫很镇静，只抽动着脸上的肌肉，说：

"你们这是干什么，疯了吗？！"

"我们……这算怎么一回事呢！……还不是那帮水兵。他们过来了，说发现了两名军官，是哥萨克的奸细，要杀柯茹赫，叫我们去把他们拿下。他们说，我们把军官赶出来，你们在围墙后面守着。等他们一跳过来，你们就用刺刀扎他们的屁股，别让他们着地。别带到司令部去，那儿有内奸，会把他们放走。你们就悄悄地把他们干掉。这不，我们就信了，天又这么黑……"

柯茹赫面无表情地说：

"水兵呢，用枪托揍他们。"

士兵们朝四面八方狂扑过去，黑暗里却传来一个镇定的声音：

"已经跑了。你当他们傻,会在这儿等死?"

"咱们喝茶去吧,"柯茹赫对自己的兄弟说,擦着脸上的血,"上岗!"

"是。"

四十

虽是晚秋时节,高加索的太阳依旧灼热。只是草原变得清朗,只是草原一片苍蓝。蛛网闪着纤细的亮光。白杨枝叶渐疏,在沉思中伫立。花园染上一抹微黄,映着白色的钟塔。

花园那边的草原上是无边无际的人海,一如征途起始之时那一望无垠的人海。然而,有些新的东西笼罩着它。依旧是不计其数的难民的马车,可为什么他们脸上都印着永不熄灭的信念,仿佛映着倒影,映着生机勃勃的反光?

依旧是不计其数的士兵的身影,衣衫褴褛,光着身子,赤着脚,可为什么都默默地排成无尽的横列,好似一条笔直的线?为什么他们那瘦削的脸好似黑铁锻成,那发着幽光的刺刀是那样整齐,好似匀整的音乐?

为什么这横阵的对面也站着无尽的队列,从头到脚穿戴得整整齐齐,可他们的刺枪却凌乱地摆着,他们脸上印着仓皇的痕迹和贪婪的期待?

一如当初,扬起了无边的尘埃,可如今,这尘雾却随着沉静的秋气落了下去,草原分外澄澈,脸上的每一道褶皱都清晰入目。

当初,那动荡不安的无边人海之中,荒凉的土岗现出点点绿色,上面坐落着黑黝黝的风磨;而如今,人海中露出空旷的野地,上面停着黑漆漆的马车。

只是当初那汹涌的人海在草原上肆意泛滥,如今却藏起了波澜,在铁一般的堤岸下静默不语。

都在等待。一片沉默,无声,无言,庄严的乐声在无边无际的人群上方流溢,淌进了蔚蓝的晴空、苍茫的草原和金色的暑气。

出现了一小群人。横阵里站着的那些面沉似铁的士兵从走近的一小群人中认出了自己的指挥员,和他们一样瘦削憔悴,面色黝黑。而那些排成队站在他们对面的人,也认出了自己的指挥员,和他们一样穿戴整齐,面容壮健,饱经风霜。

柯茹赫走在前列,个子不高,黑到骨子里,瘦到骨子里,身上破衣烂衫,活像个流浪汉,脚上趿拉着破烂不堪的鞋子,鞋子张着大口,露出黑黢黢的脚趾。当初那顶破草帽,破破烂烂的帽檐依旧脏兮兮地垂在头上。

他们走到近前,聚在一辆马车旁。柯茹赫爬上车,把破草帽从头上取下来,久久地环视着自己的部队那铁一般的横阵,草原上延伸至远方的不计其数的马车,许许多多失了马匹的忧伤的难民,还有主力军的队列。主力军的队伍有种松懈的感觉。于是一种连他自己都不肯承认的潜藏的满足感,在他内心深处躁动起来:"队伍涣散了……"

在场的所有人都望着他。他说:

"同志们!……"

所有人都知道此情此景之下会说些什么,然而他的话依旧像倏闪的火花,穿透了观者的心。

"同志们,咱们走了五百里,挨饿,受冻,光着脚。哥萨克疯了似的扑向咱们。没有面包,没有军粮,没有草料。咱们的人死了,倒在山坡下,倒在敌人的炮火下,咱们没有子弹,赤手空拳……"

尽管这些大家都知道——他们亲身经历了一切,别人也都听他们讲了千百次——但柯茹赫的话依旧闪耀着从未体验过的新意。

"……孩子们扔在了山谷……"

这时,一个声音在所有人头顶上,在庞大的人海上空回荡,直刺心灵,刺入心房,撼人心魄:

"唉,可怜啊,我们的孩子!……"

人海处处掀起了波澜:

"……我们的孩子!……我们的孩子!……"

他像石头似的望着他们,等呼声平息下来,说:

"咱们有多少人倒在了敌人的枪弹下,在草原上、森林里、深山里永远地长眠了!"

所有人都脱了帽,坟墓般的寂静无边无际地飘荡,这寂静中有女人的悄声呜咽,宛如墓志铭,宛如坟上的鲜花。

柯茹赫垂着头,静立片刻,随后抬起头,对这成千上万的人环视了一番,又打破了寂静:

"那么,我们千千万万人为什么要遭受这痛苦?为什么?!"

他又望了他们一眼,突然间说出了出乎意料的话:

"为了一件事:为了苏维埃政权。只有它属于农民和工人,除了它,咱们一无所有……"

这时,无数的叹息冲破了胸腔,孤独的泪水再也遏制不住,在铁一般的面颊上枯涩地流淌,在前来会师的士兵饱经风霜的脸上、在老者的脸上缓缓地流,姑娘的眼睛也闪烁着点点泪光……

"……为了工农政权……"

"原来是这样！原来是为了它咱们才打仗,倒下,死去,阵亡,丢了孩子!"

都仿佛睁大了双眼,仿佛第一次听闻这秘密的秘密。

"好心人,让我说几句吧,"戈尔碧娜老太婆喊道,她伤心地擤着鼻涕,挤到马车跟前,抓住车轮,抓住车栏,"让我说几句……"

"先等等,戈尔碧娜大娘,让头儿说完,他先说完,你再说!"

"别动我。"她用胳膊肘抵挡着,牢牢抓住车栏往上爬,怎么拽也拽不下来。

接着,她喊了起来。她衣衫褴褛,头巾歪斜,露出缕缕白发,喊叫起来:

"救命啊,好心人,救救命吧!茶炊丢在家里了。我嫁人的时候,妈妈给我做嫁妆:'要爱惜它,像爱惜自己的眼睛一样。'可我们把它丢了。唉,让它去吧,丢了就丢了吧!让咱们的政府活着,咱们的亲政府。咱们一辈子驼着背,弯着腰,没尝过快活的滋味儿。可我的儿子……我的儿子……"

老太婆哽咽起来,老泪纵横,不知是因为难以遣怀的痛苦,还是一丝朦胧的、连她自己也不明白的喜悦之光。

整个人海又腾起半是沉重、半是喜悦的叹息,这叹息声弥漫至草原的边际。戈尔碧娜家的老头子也苦着脸、一声不响地爬上了车。瞧,这人也同样拽不下来——这是个硬朗的老头儿,仿佛浑身都被焦油和黑土浸透了,黑色蚀到了骨子里,两手粗糙得像蹄子一般。

他爬上去,吃了一惊,好高啊,不过转瞬间就把这抛在脑后,发出了嘶哑的声音,这声音饱经风吹,粗粝得好似没上油的大车:

"嘀!……虽说是匹老马,可绝对是拉车好手。大伙儿都知道,茨冈人最会识马,一看就透,朝它嘴巴和尾巴底下一看呐,就说十个年头啦,可它已经活了二十三年! ……牙口铿亮!"

老头子笑了,第一次笑了起来,眼睛周围堆起许多芦柴杆似的细小的皱纹,他狡黠地笑着,好似一个顽皮的孩子,这笑声与他那黑土块似的身形很不相称。

老太婆戈尔碧娜慌张地拍着大腿说:

"我的老天爷!瞧瞧吧,好人们,他这是怎么了,莫非是发了疯!不吭声,不吭声,一辈子都不吭声,悄没声地娶了我,悄没声地疼,悄没声地打,这会儿却瞎扯开了。这可怎么好呢?肯定是发了疯,快把他拽下来呀,还等什么!……"

老头子立刻驱散了眼旁的皱纹,挑起两道下垂的浓眉,于是整个草原上再次回荡起那好似没上油的大车般的沙哑声音:

"马被打死了,死了!……车上的东西全都丢了,没了。我们靠两腿走过来。我把套绳割了下来,可后来连那也丢了。老婆子的茶炊和一切家当全没了,可我,在上帝面前发誓,"他用粗糙的嗓音吼着,"这些我都不可惜!……丢就丢吧,不可惜!……因为这是为了农民们的政权。没有它,咱们早就没命了,早就倒在墙根底下烂透了……"说着,像老狗般流下苦涩的泪水。

一阵喊声似波涛般涌起,如风暴般在天地间回荡:

"啊——啊——啊——啊!……这是咱们的村社大会!咱们的亲政府!……苏维埃政权!……要让它活……让它好好活!……"

喊声铺天盖地。

"这就是——幸福?!!"柯茹赫的胸中如烈火般燃烧,牙关颤抖着。

"原来是这样!……"按捺不住的喜悦以突如其来之势在铁一般的横阵中,在衣衫褴褛的枯瘦的人群中燃烧起来,"原来是为了它,我们才挨饿受冻,受苦,不光是为了自己的一条命!……"

还有那些心灵的伤口还未愈合,泪水还未干的母亲们——不,她们永远不会忘记露着獠牙的饥饿的峡谷,永远不会!可那恐怖的场所和恐怖的回忆化作寂静的悲哀,在草原无边蔓延的人海上空,在庄严宏大的无声的回响中,找到了自己的一席之地。

那些穿戴整齐、酒足饭饱的人排成许多队列,与骨瘦如柴、赤身露体的人的铁的横阵面对面站着,在前所未有的庄严氛围中,他们感到无依无靠,眼中含着泪水,但无人为流泪而羞愧,他们的队伍乱了,全都以席卷万物之势,如铺天盖地的洪流,向衣衫褴褛、半赤着脚、骨瘦嶙峋的柯茹赫站着的马车涌去。喊声回荡在草原的天际:

"咱们的父亲!! 你知道哪个好地方,就带我们走吧……我们掉脑袋也甘心!"

成千上万只手朝他伸去,把他拉下来,成千上万只手抬着他,将他举过肩膀,举过头顶。无数的人声,让方圆几十俄里的草原都为之震颤:

"乌拉! 乌拉! 啊……咱们头儿柯茹赫万岁!……"

柯茹赫被抬到那站得整整齐齐的队列前,抬到炮兵跟前,抬到骑兵的马匹中间,骑手们在马鞍上转过身子,脸上现出狂喜之色,张着黑洞洞的嘴,不停地呐喊。

他又被抬到难民和马车中间,母亲们伸出手臂,把孩子举到他面前。

最后又被抬了回来,小心翼翼地放到马车上。柯茹赫开口想要说话,于是所有人都像第一次见到他似的惊叹起来:

"他的眼睛是蓝的!"

不,这句话没有喊出声,因为无法用语言表达自己的感觉,可

他的眼睛确实成了蔚蓝色,流露出一丝温柔,微笑着,笑得像个可爱的孩子。都没有喊出那句话,而是喊道:

"咱们头儿万岁!……长生不老!……就算到天边咱们也跟着他……咱们要为苏维埃政权而斗争,要和地主、将军、白匪军官们拼命……"

他用湛蓝的眼睛温柔地望着他们,心头烙上了火的烙印:

"我没有父亲,没有母亲,没有妻子,没有兄弟,没有密友,也没有亲人,只有这些人,只有我从死亡中救出的这些人……我,我把他们带了出来……这样的人有千百万,他们脖颈上套着绳索,我要为他们拼命。这里有我的家,有我的父母妻子……我,是我,是我从死神手中救了千千万万人……是我从可怕的绝境中救了他们一命……"

心中像火一般烙下了印痕,嘴上却说:

"同志们!……"

但没来得及开口。一群水兵将士兵的队伍左右推开,疯狂地冲了上来。处处圆帽攒动,飘带摇摆。水兵们用强有力的胳膊肘推着搡着,如洪流般向马车涌来,越来越近。

柯茹赫镇静地盯着他们,灰色的眼睛闪着钢铁般的光芒,面孔也似钢铁一般,牙关紧咬。

已经来到近前,隔在中间的士兵被推开,已经只剩下薄薄的一层。眼看着四周好似洪水泛滥,目之所及,处处都是圆帽,飘带迎风摇摆,马车如一座幽暗的孤岛,上面站着柯茹赫。

一个体壮肩宽的水兵全副武装,身上挂着手榴弹、两只左轮手枪和子弹带,一把抓住了马车。马车歪了一下,吱嘎作响。他爬了上去,同柯茹赫并排站着,摘下圆帽,飘带在手中挥舞,接着,他用嘶哑的声音喊了起来——这声音带着海风的气息,带着辽阔的海

洋那肆意的咸涩,藏着骁勇,含着醉意,还有放荡不羁的生活。这声音四下回荡,传至天际:

"同志们!……我们这些水兵,我们这些革命者,向你们认罪,在柯茹赫面前,在你们面前,我们犯了大错。他救人民于水火,我们却对他百般伤害,说白了,我们给他捣乱,不帮忙,反倒责难,现在我们明白了,这样做是不对的。我代表在场的所有水兵,向柯茹赫同志深深地鞠一躬,衷心地说一句:'我们错了,别生我们的气。'"

水兵兄弟们用大海般咸涩的嗓音齐声高喊:

"柯茹赫同志,我们错了,我们错了,别生气!"

千百只强劲的胳臂将他拉下来,拼命抛向空中。柯茹赫高高地飞起,落下,没入他们手中,随后又一次飞起——于是草原、天空、人群,都像车轮般飞旋起来。

"该死,狗崽子们,五脏六腑都给你们搅翻了!"

可喊声依旧在天地间震耳欲聋地响着:

"咱们头儿万岁!……乌拉!……"

一片呼喊声中,柯茹赫又被放回车上。他轻轻摇晃了几下,湛蓝的眼睛眯了起来,透出狡黠的笑意。

"瞧吧,一群乱叫的狗,全都是装模作样。换一个地方,肯定会扒了我的皮……"

然而却用仿佛带着斑斑锈迹的铁一般的声音说:

"谁再提旧事,就扇他耳光。"

"呵——呵——呵!……哈——哈——哈!……乌拉!……"

许多要发言的人都依次等着。每个人都拣着最要紧、最主要的说,仿佛若是不说出来,整个儿都会爆炸似的。庞大的人群聆听着。那些密密麻麻围在马车四周的人自然听得清,远一些,只能飘过去只言片语,人群边上,便什么也听不见了,然而所有人都同样伸着脖颈,竖着耳朵,贪婪地倾听着。女人们把干涸的乳房塞到孩子嘴里,或是匆匆摇着、拍着,也伸长脖子,侧耳聆听。

说来也怪,即便听不到,或者只听到三言两语,可到头来全都抓住了要害。

"听见了吗,捷克斯洛伐克人都打到了莫斯科城下,可脸上狠狠挨了一下子,就逃到西伯利亚去了。"

"地主们又开始不老实了,让把土地还给他们。"

"就算亲我屁股一下,也不给。"

"听见没有,帕纳修克,俄国有红军呢。"

"啥模样?"

"红的呗。裤子是红的,衬衣是红的,帽子也是红的,前前后后都红透了,红得像煮熟的虾子。"

"净瞎扯。"

"千真万确!发言的人刚说的。"

"我也听见了。那边已经没'士兵'这个说法了,都叫'红军战士'。"

"没准儿也会给咱们发红裤子呢!"

"听说,纪律也严得很。"

"哪能比咱们的纪律还严呢?头儿要痛揍咱们的时候,全都像戴上嚼子似的,乖乖地走。瞧吧,排起队来,直得像条线。经过镇上的时候,咱们谁也没叫苦,谁也没叹气。"

他们听到发言人的只言片语,便交头接耳地传着,说不出来,却感觉得到。他们被无边无际的草原、高不可攀的山峦和茂密的丛林隔绝开来,却创造了俄罗斯和全世界所创造的东西,尽管小得难以形容。他们在这里创造着,饿着肚子,光着身,赤着脚,缺乏物资，也没有任何援助。自力更生。他们不明白，但感觉得到，而这感觉又无从表达。

发言人轮流讲着，一直讲到黄昏降临，周遭笼上苍蓝的暮霭。随着他们的讲述，所有人心中都涌起一种不可言说的幸福感，与之密不可分的是个庞然巨物，他们有的知晓，有的不知。这个巨物叫苏维埃俄罗斯。

不计其数的篝火在黑暗中闪光，熠熠闪烁的还有空中那不计其数的繁星。

轻烟映着火光，静静升起。衣衫褴褛的士兵，衣衫褴褛的女人，还有老人、孩子，都在火堆旁坐着，疲惫地坐着。

就像烟痕在繁星密布的夜空中消散了一般，那骤然爆发的狂喜也带着不易察觉的疲惫，消逝在庞大的人群上空。在温柔的夜色里，在篝火的反光中，在这无边无际的人海中，柔和的笑消失了——睡梦静悄悄地飘来。

篝火熄了。寂静。苍蓝的夜。

一九二四年

图书在版编目（CIP）数据

铁流 /（苏）亚历山大·绥拉菲莫维奇著；李暖译.
—南京：江苏凤凰文艺出版社，2019.5（2025.1 重印）
（红色经典丛书）
ISBN 978-7-5594-2676-5

Ⅰ.①铁… Ⅱ.①亚… ②李… Ⅲ.①长篇小说—苏联 Ⅳ.①I512.45

中国版本图书馆 CIP 数据核字(2018)第 179806 号

铁　流

（苏）亚历山大·绥拉菲莫维奇 著　李暖 译

出 版 人　张在健
总 策 划　汪修荣
责任编辑　傅一岑
封面设计　马海云
责任印制　刘 巍
出版发行　江苏凤凰文艺出版社
　　　　　南京市中央路 165 号，邮编：210009
网　　址　http://www.jswenyi.com
印　　刷　南京新洲印刷有限公司
开　　本　880 毫米×1230 毫米　1/32
印　　张　7.125
字　　数　158 千字
版　　次　2019 年 5 月第 1 版
印　　次　2025 年 1 月第 5 次印刷
书　　号　ISBN 978-7-5594-2676-5
定　　价　29.80 元

江苏凤凰文艺版图书凡印刷、装订错误，可向出版社调换，联系电话 025-83280257